诗话雅书

沧浪诗话

以禅喻诗的经典之作

唯美插画版

[宋] 严羽 著

高玮 注评

长江出版传媒

崇文书局

图书在版编目（CIP）数据

沧浪诗话 /（宋）严羽著；高玮注评. -- 武汉：
崇文书局，2018.2（2021.8 重印）
（诗话雅书）
ISBN 978-7-5403-4896-0

Ⅰ．①沧… Ⅱ．①严… ②高… Ⅲ．①诗话－中国－
宋代 Ⅳ．① I207.22

中国版本图书馆 CIP 数据核字（2018）第 025981 号

沧浪诗话

责任编辑	程　欣	
出版发行	长江出版传媒｜崇文书局	
地　　址	武汉市雄楚大街 268 号 C 座 11 层	
电　　话	(027)87293001　邮政编码　430070	
印　　刷	湖北画中画印刷有限公司	
开　　本	880mm×1120mm　1/32	
印　　张	6.25	插　页　5
字　　数	150 千	
版　　次	2018 年 2 月第 1 版	
印　　次	2021 年 8 月第 3 次印刷	
定　　价	32.80 元	

（如发现印装质量问题，影响阅读，请与承印厂调换）

前　言

南宋末，时局一片风雨飘摇，居朝堂之上，文武百官为了拯救摇摇欲坠的大宋王朝伤透了脑筋，处江湖之远，严羽不过一介书生，世人大约会赠他"无用"二字吧。

严羽早年曾于包杨门下受教。包杨，是当地颇有声名的宿儒，他先后受学于陆九渊和朱熹，神契于陆门"本心之学"。悟性惊人、学养深厚的严羽，与当时的科场、官场都保持着距离，他长年客游江湖，也曾入幕做案牍工作，然而对他来说，最开心的经历可能还是和志同道合的朋友一起组成"诗社"，谈诗、论诗、作诗、教人学诗……他懂得时事，却远离时世，他关心社会，却要以自己最愿意进入的方式进入……

嘉熙三年（1239）春末，严羽客居瓜步镇（今江苏六合），严羽在这里找到表叔吴陵，交出了一份自己论诗的书稿副本。彼时瓜步以北，正是宋蒙对峙的战场，战场上马革裹尸，而在战场以南，严羽交给亲戚的那份论稿里，也在激情地呼唤着盛唐盛世的诗歌气象。历史从来不只属于某一种类型的人或事件，刀光剑影以命相搏，是在捍卫一份尊严，而秉笔濡墨，字里行间涌动的，亦是拳拳之心。

这份论稿，便是我们今天看到的《沧浪诗话》

原型。

宋代从来不缺"诗话"，而严羽所作的《沧浪诗话》成为了宋代最负盛名、对后世影响最大的一部诗话。原因何在？

原因之一：最具系统性

《沧浪诗话》改变了自欧阳修以来诗话以记述诗人创作逸事为主要内容的做法，代之以严谨的理论体系和独到的诗学主张，既是宋代诗话的理论总结，又启发了后世诗学的发展。全书由诗辩、诗体、诗法、诗评、考证五部分组成。在"诗辩"部分，他提出了关于诗歌的高超灼见；"诗体"部分，他论述了历代诗歌各种体制的流变和发展；"诗法"部分，他阐述了诗歌创作的具体技巧；"诗评"部分，他点评了历代众多诗人的作品及其风格；"考证"部分，他对一些诗人、诗歌进行了考证和批评。

原因之二：豪气惊人 拯救诗道

严羽曾说："仆之诗辩，乃断千百年公案，诚惊世绝俗之谈，至当归一之论。"这是极端自负的自我评价。严羽当时一介布衣，位势全无，声名未显，然而他却俨然视自己是整个诗道的代言人，他公然发难于当时诗坛最流行的"江西诗派"和"理学诗人"，认为自己提出了一套全新的论述，迥异今古，解决了有关诗歌的根本性问题。他要救的，不仅是一个时代的弊端，更是要拯救整个诗道。禅家认为佛心人人本自具足，明心见性，即能成佛，因而悟道成佛要靠自己，因而排斥权威，所以禅往往有一种狂的精神，严羽论诗也有这种狂的精神。这样的姿态，也决定了他的语态，《沧浪诗话》通篇语言气势逼人，没有半点拖泥带水，读来酣畅淋漓。

原因之三：以禅喻诗

严羽说："诗有别材，非关书也；诗有别趣，非关理也。"因为，他主张"诗者，吟咏情性也"。盛唐诗人之所以能写出好诗，"惟在兴趣，羚羊挂角，无迹可求。故其妙处透彻玲珑，不可凑泊，如空中之音、相中之色、水中之月、镜中之像，言有尽而意无穷"。那么，"言有尽而意无穷"的好诗从何而来？严羽以禅道喻诗道，提出了"妙悟"说。"妙悟"本是中国禅宗的主张，一种超越寻常、特别颖慧的觉悟，人们通过"妙悟"心解佛法，就能够达到清净空灵的境界。基于作诗"惟在兴趣"的主张，严羽将其引入诗论，在《沧浪诗话》中提出："大抵禅道惟在妙悟，诗道亦在妙悟"，"悟乃为当行，乃为本色。"将当时文人看待世界的方法引入论诗的世界，严羽并非首创，然而他却是做得最高妙的。

钱钟书先生在《谈艺录》中这样评价《沧浪诗话》："沧浪别开生面，如骊珠之先探，等犀角之独觉，在学诗时工夫之外，另拈出成诗后之境界，妙悟而外，尚有神韵。不仅以学诗之事，比诸学禅之事，并以诗成有神，言有尽而味无穷之妙，比于禅理之超绝语言文字。他人不过较诗于禅，沧浪遂欲通禅于诗。"

交出《沧浪诗话》论稿的严羽，此时也已垂垂老矣，有传说文天祥抗元时，严羽曾以其年迈之躯离家投军，抗元失败后，他坚守信念不肯投降，后避隐民间，不知所终。他走出了人们的视线，走进了自然，走进了历史。

独寻青莲宇，行过白沙滩。一径入松雪，数峰生暮寒。山僧喜客至，林阁供人看。吟罢拂衣去，钟声云外残。

——严羽《访益上人兰若》

目　录

诗辩第一

一

禅家者流，乘有小大，宗有南北，道有邪正；学者须从最上乘，具正法眼，悟第一义，若小乘禅，声闻辟支果，皆非正也。

译文

佛禅之道，分为大乘小乘，南宗北宗，也有正邪两道。学禅的人就应从大乘入手，具备正法眼，悟至高无上之真理，像小乘禅，声闻辟支禅，就都不算最纯正的修为。

品读

小乘与大乘之简单划分，小乘强调度己，大乘强调普渡众生。小乘与大乘之高下优劣，本无从评判。但在严羽的观念里，认为大乘禅是第一义，小乘禅是第二义，因此以这个为前提来讨论诗格之高下。

所谓"声闻辟支果"，其实就是小乘禅的果位，属于小乘。

二

论诗如论禅，汉魏晋与盛唐之诗，则第一义也。大历以还之诗，则小乘禅也，已落第二义矣；晚唐之诗，则声闻辟支果也。学汉魏晋与盛唐诗者，临济下也。学大历以还之诗者，曹洞下也。

译文

谈论诗如同谈论佛禅一样，汉代、魏晋与盛唐时期的诗，就是第一等、最好的诗。唐代大历时期以后的诗，就像禅宗里的小乘一样，已经落入第二等了；晚唐的诗，就是声闻辟支禅了。学习汉代、魏晋与盛唐时期诗的人，相当于禅宗中的临济宗，学习大历以后诗的人，不过曹洞宗罢了。

品读

严羽因佛禅建立了等级标准，并以此类推，评判出自己心目中诗歌的等级，依次为汉魏晋与盛唐之诗，大历以后的诗、晚唐诗，并把学诗者分为学汉魏晋盛唐诗者和学大历以后诗者。其实学诗应引起我们的注意，学习的榜样会直接影响到学习出来的诗歌的水准，严羽此书就是针对学诗者所写，故此处已流露出严羽对学诗所持的态度。

三

大抵禅道惟在妙悟。诗道亦在妙悟。且孟襄阳学力下韩退之远甚，而其诗独出退之之上者，一味妙悟而已。惟悟乃为当行，乃为本色。

译文

大体上说修禅之道在于能够妙悟，学诗之道也在于妙悟。孟浩然的学力比韩愈差远了，但他的诗却在韩愈诗之上，原因就在于他懂妙悟。只有悟为诗道的本色，为本来面目。

品读

"妙悟说"是《沧浪诗话》的一大亮点。禅宗的修行体系里推崇的是"悟"和"参"，强调"不立文字，直指人心，见性成佛"，其实对诗文的赏读也有类似这样的感觉。很多因诗文而起的感受都是只可意会、不可言传的，严羽用"妙悟"的说法道出了写诗人与读诗人内心共有的感觉，最终的人与诗的交流超越了理性层面对诗歌技法、逻辑关系等方面的分析，动人的、韵味深长的诗歌才能真正让人"参"与"悟"。

四

然悟有浅深、有分限、有透彻之悟，有但得一知半解之悟。汉魏尚矣，不假悟也。谢灵运至盛唐诸公，透彻之悟也。他虽有悟者，皆非第一义也。吾评之非僭也，辩之非妄也。天下有可废之人，无可废之言。诗道如是也。若以为不然，则是见诗之不广，参诗之不熟耳。

译文

然而悟也有深浅、有区分、有透彻的领悟，有只是一知半解的悟。汉魏诗久远，自然混成。从谢灵运到盛唐诸位诗人，是透彻的悟。其他虽有悟者，都并非第一等的。我的评价并非僭越，对悟的分辨并非妄言。天下有可以废掉的人，没有可以废掉的言论。论诗之道也是如此。如果对我这番言论不以为然的，则是见诗不够多，对诗的参详不够熟练。

品读

严羽看到了"悟"会有层次的差异，那他认为该如何解决这个问题呢？他以为应该"参"，这其实类似于他提出了"渐悟"的方法，通过"参"诗歌的源流与发展，提高自己的认知水平，从而走上"悟"的道路。

五

　　试取汉魏之诗而熟参之，次取晋宋之诗而熟参之，次取南北朝之诗而熟参之，次取沈、宋、王、杨、卢、骆、陈拾遗之诗而熟参之，次取开元、天宝诸家之诗而熟参之，次独取李、杜二公之诗而熟参之，又取大历十才子之诗而熟参之，又取元和之诗而熟参之，又尽取晚唐诸家之诗而熟参之，又取本朝苏、黄以下诸家之诗而熟参之，其真是非自有不能隐者。傥犹于此而无见焉，则是野狐外道，蒙蔽其真识，不可救药，终不悟也。

译文

　　试着取汉魏之诗熟练参详，再取晋宋之诗熟练参详，再取南北朝诗歌熟练参详，再取沈佺期、宋之问、王勃、杨炯、卢照邻、骆宾王、陈子昂的诗熟练参详，再取开元天宝年间各位诗人的诗熟练参详，再取李白、杜甫二位的诗熟练参详，又取大历十才子的诗熟练参详，又取元和时期的诗熟练参详，又取全部晚唐各位诗人的诗熟练参详，又取本朝苏轼、黄庭坚及以下各位的诗熟练参详，它们真实的状况就不能被隐藏了。倘若到这种程度还没有见识，就是被外道所蒙蔽了真知灼见，不可救药，终究也不会了悟的。

品读

参悟的对象是十分关键的，严羽又给出了具体参诗时的对象和层次，这也是学诗之人很好的教科书。对今天学诗爱诗之人亦有启迪，若真有志浸淫在诗歌的海洋中，不仅仅只是熟读我们今天倍加推崇的唐诗宋词，而应由此路径读诗品诗，才可一窥诗道之究竟。

然而此处亦有矛盾。显然，很多人"参"的再多，也无法开"悟"，很多人从来不参，却天然有"悟"性。严羽提倡超越逻辑的"妙悟"，却在如何妙悟的过程中，又落入了"逻辑"的窠臼。一朵花何时开，怎样开，开出何等姿态，又岂是仅凭努力就可以实现的？

绿蚁新醅酒，红泥小火炉。

晚来天欲雪，能饮一杯无？

白居易（唐） 问刘十九

六

夫学诗者以识为主：入门须正，立志须高。以汉魏晋盛唐为师，不作开元、天宝以下人物。若自退屈，即有下劣诗魔入其肺腑之间；由立志之不高也。行有未至，可加工力，路头一差，愈骛愈远；由入门之不正也。故曰：学其上，仅得其中；学其中，斯为下矣。又曰：见过于师，仅堪传授；见与师齐，减师半德也。

译文

学诗的人应该以见识为主：入诗之门必须严正，立志必须高远。以汉魏晋盛唐为老师，不要做唐代开元、天宝年间以下时期的诗人。如果学诗的人自己后退屈服了，就有下劣的诗魔侵入他的肺腑之间，是因为立志不高远的原因。道行没有到家，可以再下功夫，但方向有偏差，越是跑得快离得就越远，是因为入诗之门不严正的原因。所以说：学上等的学问，只会获得中等的；学中等的学问，那就只会获得下等的了。又说：见识超过老师，才能得到老师的传授；见识与老师一样，德行也要减掉老师的一半了。

品读

严羽非常重视见识、格调，入门要正、立志要高。严羽认为，要作诗，就要作好诗，存这样一个理想蓝图，才能实现理想。而太多的人进入诗歌这个领域时，只是懵懂状态。所以严羽当头棒喝：你要做一个好的诗人！端正了这样的认识，才算入门正。

七

工夫须从上做下，不可从下做上。先须熟读《楚辞》，朝夕讽咏，以为之本；及读《古诗十九首》，《乐府》四篇，李陵、苏武、汉魏五言皆须熟读，即以李杜二集枕藉观之，如今人之治经。然后博取盛唐名家，酝酿胸中，久之自然悟入。虽学之不至，亦不失正路，此乃是从顶颅上做来，谓之向上一路，谓之直截根源，谓之顿门，谓之单刀直入也。

译文

功夫必须从上往下做，不可以从下往上做。一开始必须熟读《楚辞》，早晚诵读，以它为本；然后必须熟读《古诗十九首》，《乐府》四篇，李陵、苏武、汉魏五言诗等，再沉溺于阅读李白、杜甫二人的诗集，如同现在的人研读经典一样。然后再广博地阅读盛唐名家的作品，在胸中酝酿，时间长了自然就会于诗道有所领悟。即使学问还不到家，但也不会迷失了正确的诗道。这种方式就是从顶轮上做功夫，称为向上的路数，称为直接到达问题的最根本，称为顿悟之门，称为单刀直入。

品读

严羽的眼光完全超越了当时的主流诗歌评判标准，他将自己置于诗歌自古至今发展的长河中，回到他理解的诗歌的本源中，认为学诗就应该追本溯源，在源流中选择真正的精品去反复揣摩学习，如此才能获得一等的眼光，而绝不应该受限于当时当下的主流标准。类似于刘勰在《文心雕龙》里提出的"操千曲而后晓声，观千剑而后识器"。此种大格局与大视野，耐人寻味。

八

诗之法有五：曰体制，曰格力，曰气象，曰兴趣，曰音节。

译文

诗有五个要点：体制、格力、气象、趣味、音节。

品读

在严羽所在的时期，诗坛格外重视篇章结构的经营和字句的锤炼，讲究法度和绳墨。严羽在这样的背景下，明确提出了作诗的五个要点，应该回到诗的本质上去，无论是体制、格力、气象、趣味还是音节，都是构成诗歌的基本要素，不能有所偏废。因此，严羽提出诗法，并非空穴来风自说自话，而是有所针对。如果只强调体制，即诗歌的体式、体裁、谋篇布局，或是音节，尚未脱出当时风气的窠臼，但严羽还提出了"格力"，也就是诗歌的感发力量，以及诗歌的气象、趣味，是否具有绵延不绝的韵味、艺术感染力，这正是回到了诗歌的本质，诗歌的诞生并非是为了炫耀才识、学力、技巧。

九

诗之品有九：曰高，曰古，曰深，曰远，曰长，曰雄浑，曰飘逸，曰悲壮，曰凄婉。

译文

诗的艺术风格有九种：高、古、深、远、长、雄浑、飘逸、悲壮、凄婉。

品读

对文学作品的艺术风格进行分类，严羽并不是首创。刘勰在《文心雕龙·体性》篇里分为典雅、远奥、精约、显附、繁缛、壮丽、新奇、轻靡八类，显然分类的标准是侧重于表现形式；司空图的《二十四诗品》则以意境说明风格，分为雄浑、冲淡、纤秾、沉着、高古、典雅、洗练、劲健、绮丽、自然、含蓄、豪放、精神、缜密、疏野、清奇、委曲、实境、悲慨、形容、超诣、飘逸、旷达、流动等二十四种。而严羽的分类标准似着眼于气象，且这九类艺术风格的共性都是侧重于让人回味深长。

十

其用工有三：曰起结，曰句法，曰字眼。其大概有二：曰优游不迫，曰沉着痛快。

译文

需要下功夫的在三个地方：起势与结尾、句型的章法、关键的用字。大体诗给人的感觉有两种：优游不迫和沉着痛快。

品读

就具体的诗艺技巧而言，起句、句法、字眼三者即为诗歌之关窍，如果初入门者不知如何去鉴别诗歌的好坏，可从这三方面入手，去品读、对比，而位于技巧之上的，当然还是诗歌整体呈现的气质风度，如同人的个性一般，或优游不迫，或沉着痛快，方为上品。

十一

诗之极致有一，曰入神。诗而入神，
至矣，尽矣，蔑以加矣！惟李、杜得之。
他人得之盖寡也。

译文

诗最高超的境界只有一个，就是入神。诗一旦有了灵魂
神韵，便抵达了最高境界，没有什么再可以推进的了！只有
李白、杜甫能得此境界，其他人就很少了。

品读

严羽提到了诗歌的最高境界是入神，那何谓入神
呢？他认为只有李白、杜甫的诗达到这样的境界。在
提出了诗歌的分类、技法关窍、风格大概之后，严羽
所谓的"入神"大概就是已经超越了这些前面提出的
标准，在抵达"入神"这种最高境界之前，我们还要
计较风格类型，研究技法关窍，但当如李白、杜甫一
般已于诗中"入神"，则在阅读过程只觉心神激荡，完
全忘却了这些表面的形式。例如李白《送陆判官往琵
琶峡》："水国秋风夜，殊非远别时。长安如梦里，何
日是归期？"语短意长，深切地表达了作者对故乡的思
念之情。严羽说它是"五言绝妙境地"。

　　《横江词六首》其五："横江馆前津吏迎，向余东指海云生。郎今欲渡缘何事？如此风波不可行。"此诗以主客问答的形式展开，表现诗人因恶劣天气而无法北上的焦虑与惆怅之情。语言简洁凝练，又给人留下想象的空间。因此严羽说："此诗四句一气。其意言内已尽，而言外更无尽，是绝句第一流。"

十二

夫诗有别材，非关书也；诗有别趣，非关理也。然非多读书、多穷理，则不能极其至。所谓不涉理路、不落言筌者，上也。

译文

诗歌需要另外一种才能，与书本知识无关；诗歌有独特的趣味，与逻辑说理无关。然而如果不多读书、多研究事理，也不能到达诗的极致。所谓不涉及理路、不拘泥于语言文字，是最佳的。

品读

"诗有别材，非关书也；诗有别趣，非关理也"，这是《沧浪诗话》最著名的观点之一。放在当时诗坛环境背景下，当时人们恰恰认为诗"关书""关理"，严羽这样的观点就越发显得独特而引人瞩目了。

《庄子·外物》篇云："筌者所以在鱼，得鱼而忘筌；蹄者所以在兔，得兔而忘蹄；言者所以在意，得意而忘言。"这一段讲述的是手段与目的的关系，我们使用工具采取手段，是为了实现目的，当目的达到以后，就可以放下工具与手段了。

　　严羽困惑的是，为什么当时的诗坛大家反而都放不下呢？无论是读书还是穷理，目的是为了让诗长出富有灵性的生命来，成为真正的好诗，所以可以做到放下这些手段的时候，才可能到达上等的诗境。

十三

诗者，吟咏情性也。盛唐诸人惟在兴趣，羚羊挂角，无迹可求。故其妙处，透彻玲珑，不可凑泊，如空中之音，相中之色，水中之月，镜中之象，言有尽而意无穷。

译文

诗，是抒发表达性情的。盛唐的各位诗人妙处在于兴象与韵趣，就像羚羊会把角挂在树上，没有痕迹可寻。所以妙在诗歌意象透彻玲珑，没有生硬地组合，如同空气中的声音，物象的表色，水中的月亮，镜中的物象，文字有尽而意味无穷。

品读

"羚羊挂角"是禅语，见于《传灯录》，原意是羚羊为了躲避被追击，就把它的踪迹，也就是它的"角"挂在树上，于是无迹可求。此处严羽重点阐释的是盛唐诗歌已经抛却了那些形迹，也就是所谓的技法和手段，只重在传达出无穷无尽的诗歌韵味。所以最后呈现出来的诗歌，气象上浑然一体，没有斧凿硬凑的痕迹，你只看到哪里都是美丽的"相"，但又似真似幻，不可捕捉。以"羚羊挂角"来比喻盛唐诗空灵、高妙的审美理想状态和诗道的难以言说，与世尊拈花、迦叶微笑，等无差别。

所谓"以禅喻诗"本就是难事，将不可说之感以具体的文字来进行描述，因此也仍得回到禅语中，才能让读者进入如此意境中得以体味、揣摩。"羚羊挂角"本来并不为人所熟知，但经过严羽这样的使用，反而成了较为常用的成语，足见严羽"以禅喻诗"之成功，后人对严羽此段论述评价众多，有认为是"英雄欺人之评"，本体简洁明了，喻体却恍兮惚兮难以言说，不可捉摸，虽然言辞空灵，精巧高超，其实不着边际空无一物，但也有认为"具有指向更高的精神层面或宇宙人生真谛的诱导性和暗示性，从水、镜、空、相中体验到别样的月、象、音、色"。

十四

近代诸公，乃作奇特解会，遂以文字为诗，以才学为诗，以议论为诗。夫岂不工，终非古人之诗也。盖于一唱三叹之音，有所歉焉。

译文

近代的各位诗人却对诗歌做了特别的解读，于是以文的方式写诗，以典故学问写诗，以议论的方式写诗。这样的诗歌也不是不好，但终究不是古人的诗。因为在一唱三叹这样的韵味方面，有所欠缺。

品读

很多人读书破万卷，不可谓不刻苦，但就是写不好诗，很多人思想深刻，理论体系完备，可以成为一个好的理论家，评论人，却无法成为一个好的诗人。于是严羽一针见血地道破真相，诗歌是灵性的，自有它独特的生命态势和趣味，无法用书本和道理堆砌出它的灵动，再次强调了诗歌对理性与逻辑的超越。

十五

且其作多务使事，不问兴致。用字必有来历，押韵必有出处。读之反覆终篇，不知着到何在。其末流甚者，叫噪怒张，殊乖忠厚之风，殆以骂詈为诗。诗而至此，可谓一厄也！

译文

而且他们的作品多致力于用典，不关注兴象与韵趣。诗中用字必须有来历，押韵必须有出处。全篇反复阅读，不知道要点在哪里。这其中最差劲的，诗歌里叫嚷喧嚣乖张，违背了忠厚的传统风气，近乎以谩骂苛责为诗。诗歌发展成这样，可谓一大灾难。

品读

因为印刷术的发达，宋人的读书量是前朝人的很多倍，因此读书量的多少，对学问、典故掌握的程度，渐渐竟成为了一种可以用来炫耀攀比的资源。这样的心态也渗透入了诗歌里，在诗歌里掉书袋子，迫不及待地展示自己的观点，完全失去了诗歌原本的"初心"，更遑论美感？因此严羽认为，这真是诗歌的一大灾难。

十六

　　然则近代之诗无取乎？曰：有之，吾取其合于古人者而已。国初之诗，尚沿袭唐人：王黄州学白乐天，杨文公、刘中山学李商隐，盛文肃学韦苏州，欧阳公学韩退之古诗，梅圣俞学唐人平淡处。至东坡、山谷，始自出己意以为诗，唐人之风变矣。山谷用功，尤为深刻，其后法席盛行，海内称为江西宗派。

译文

　　然而近代没有可取的诗歌吗？回答：有的，我就选取那些和古人之诗相合的诗歌。北宋初期的诗歌还能沿袭唐人之诗：王禹偁学习白居易，杨亿、刘筠学习李商隐，盛度学习韦应物，欧阳修学习韩愈的古诗，梅尧臣学习唐诗的平淡之处。到了苏轼、黄庭坚，就开始以自己的意志来写诗，唐人的诗风就被改变了。黄庭坚的影响特别深远，他的诗法后来大行其道，被称为江西宗派。

品读

　　从北宋初至南宋末，两宋经历了三百年的历史，期间，诗坛上也是流派纷呈，气象万千，此消彼长，更替发展。严羽生活于南宋末年，因此他能站在一个更高的点上，通观诗史，对宋诗发展的全过程做出一个更为全面的总结与评价，宋初的诗家学习的都是唐代一等一的好诗人，师法得当，各得唐人之妙，因此严羽认为他们的诗还是有可取之处的。只是认为从苏轼、黄庭坚开始有了唐诗自己的风格，似乎要对后来诗坛风气的沦落承担责任。

江西诗派得名于吕本中所作《江西诗社宗派图》，是北宋后期文坛上出现的一个重要流派，也是宋代影响最大的诗派，叶适《徐斯远文序集》云："庆历、嘉祐以来，天下以杜甫为师，始黜唐人之学，而江西宗派章焉。"江西诗派奉黄庭坚为宗师，是一个以师友关系为纽带，以相近的创作主张为基础的诗歌流派。在实际创作过程中，江西诗人随黄庭坚亦步亦趋，片面发展了黄庭坚讲究学问典故、追求拗硬奇崛的一面，遂使江西诗风走向生涩槎枒，诗境日趋枯窘。南北宋之交，江西诗派盛极一时之际，就已暴露出堆砌典故、沉迷书卷，雕琢刻镂等诸多模式化弊病。对此，严羽即有自觉的意识，学界一直认为《沧浪诗话》似是针对江西宗派而作，此处略现端倪。

十七

　　近世赵紫芝、翁灵舒辈，独喜贾岛、姚合之诗，稍稍复就清苦之风。江湖诗人多效其体，一时自谓之唐宗，不知止入声闻辟支之果，岂盛唐诸公大乘正法眼者哉！嗟乎！正法眼之无传久矣。唐诗之说未倡，唐诗之道，或有时而明也。今既倡其体曰唐诗矣，则学者谓唐诗诚止于是耳，得非诗道之重不幸邪！故予不自量度，辄定诗之宗旨，且借禅以为喻，推原汉、魏以来，而截然谓当以盛唐为法后舍汉、魏而独言盛唐者，谓古律之体备也，虽获罪于世之君子，不辞也。

译文

　　近世诗人如赵师秀、翁卷等，独爱贾岛、姚合的诗，稍微靠近了一点清苦的风格。结果江湖诗人就多仿效他们的风格，一时之间自认为是"唐宗"，不知道正落入声闻、辟支小乘的境地，哪里是盛唐大家的大乘、正法眼境界！唉！正法眼很久都没有传承了。唐诗的理论没有被倡导，唐诗之道或许择时会被昭显。现在既然宣称那样的诗体就是唐诗，那么学诗之人就会以为唐诗就只是止于此，这岂不是诗道的重大不幸啊！所以我不自量力，要确定诗之正宗要旨，并且借佛禅来喻诗，溯源汉魏，坚定表明应以盛唐为诗法（后舍弃汉魏而独称盛唐，是因为盛唐诗已具备了格律诗完备的体制），即便因此得罪了现在的各位君子，也在所不辞。

品读

在说明了自己对于诗歌的基本态度之后，严羽开始对他所处的诗坛进行了批评。那么如何改变这样的不良风气呢？严羽主张还是要以盛唐为诗法，这样的思路大概类似于在修禅的过程中，以佛法僧为师，经常靠近三宝，就大大增加了修入正道的几率。然而，我们要注意到的是，盛唐诗之所以到达那样的境界，也并非空穴来风，与诗歌本身的发展规律、时代背景等都有很大的关系，而时移世易，并非简单的以盛唐为诗法，就可以解决当下的问题。事实上，严羽自身的诗歌创作也说明了这点。严羽体系的矛盾就体现于此处，他崇尚灵性，却仍然认为只有通过理性的学习才可以到达。

诗体第二

一

《风》《雅》《颂》既亡，一变而为《离骚》，再变而为西汉五言，三变而为歌行杂体，四变而为沈宋律诗。

译文

《诗经》已经消亡，一变而为《离骚》，再变而为西汉五言诗，三变而为歌行与杂体诗，四变而为沈佺期、宋之问的格律诗。

品读

本段落论述的是诗歌的起源。《诗经》过后，继之以《离骚》。《诗经》以四言为主，兼有杂言，因为歌唱的缘故，在韵的方面已经开始有所追求，有的句句押韵，有的隔句押韵，有的一韵到底，有的中途转韵。《离骚》篇幅上则有了较大的发展，五言、六言、七言都有，形式灵活多样，读起来抑扬顿挫，富有节奏感。一直并称为中国文学发展的两大源头。

二

五言起于李陵、苏武_{或云枚乘}，七言起于汉武《柏梁》，四言起于汉楚王傅韦孟，六言起于汉司农谷永，三言起于晋夏侯湛，九言起于高贵乡公。

译文

五言诗起源于李陵、苏武（也有人说是枚乘），七言诗起源于汉武帝的《柏梁殿联句》，四言诗起源于汉朝楚王的太傅韦孟，六言诗起源于汉朝的大司农谷永，三言诗起源于晋朝的夏侯湛，九言诗起源于高贵乡公。

品读

严羽论述了各种诗体的起源。综合当今的学术研究成果来看，这些说法已均有需要商榷之处。如李陵、苏武的五言诗多被断为伪作，七言诗的起源目前已有近二十种说法，而汉武帝的《柏梁》诗是否伪作也未有论断，四言诗大多被认为起源于民间歌谣，六言诗亦有源于《诗经》之说等，三言诗的起源亦有上古虞舜时期等五种说法。因此，关于此段论述是否准确无法确定。但严羽对诗歌源头的梳理乃是为了强调要追本溯源，以发展的眼光去看待诗歌，这样才可回到诗歌的本质。

三

以时而论则有建安体_{汉末年号，曹子建父子及}邺中七子之诗，黄初体_{魏年号，与建安相接，其体一也}，正始体_{魏年号，嵇、阮诸公之诗}、太康体_{晋年号，左思、潘岳、二张、二陆诸公之诗}，元嘉体_{宋年号，颜、鲍、谢诸公之诗}，永明体_{齐年号，齐诸公之诗}，齐梁体_{通两朝而言之}，南北朝体_{通魏、周而言之，与齐梁体一也}，唐初体_{唐初犹袭陈、隋之体}，盛唐体_{景云以后，开元、天宝诸公之诗}，大历体_{大历十才子之诗}，元和体_{元、白诸公}，晚唐体，本朝体_{通前后而言之}，元祐体_{苏、黄、陈诸公}，江西宗派体_{山谷为之宗}。

译文

以时代特色而论，则有建安体（东汉献帝年号，三曹七子的诗体），黄初体（魏曹丕年号，与建安体相连，风格一致），正始体（魏曹芳年号，嵇康、阮籍等人的诗体），太康体（晋武帝司马炎年号，左思、潘岳、张载张协兄弟、陆机陆云兄弟等人的诗体），元嘉体（南朝宋文帝年号，颜延之、鲍照、谢灵运等人的诗体），永明体（南朝齐武帝年号，南齐时人的诗体），齐梁体（通指齐梁二朝的诗体），南北朝体（通指南北朝，与齐梁体风格一致），唐初体（唐初还是承袭了陈、隋两朝的诗体），盛唐体（唐睿宗以后，开元、天宝年间诗人的诗体),大历体(唐代宗大历年间大历十才子的诗体),元和体(唐宪宗元和年间元稹、白居易等人的诗体),晚唐体,本朝体(通指宋代诗歌),元祐体(苏轼、黄庭坚、陈师道等人的诗体),江西宗派体(以黄庭坚为宗)。

品读

对任何一个复杂的文学现象进行分类论述,都不是一件容易的事情。但就诗体而言,严羽就从时间顺序、主体诗人、选本、格律等方面进行了阐释,而目的仍然只有一个,在我们面前将诗歌发展源流的历史画卷徐徐展开,这样的视野与格局在严羽看来,是诗学的基本功。

按照我们熟悉的历史分期法,建安体、黄初体、正始体、太康体、元嘉体、永明体、齐梁体属于魏晋南北朝时期。建安体、黄初体以梗概多气、慷慨悲凉的风貌被称为"建安风骨",尚以内容风貌为特色,而自正始体到齐梁体、南北朝体的发展,就充分展现了诗人对诗歌艺术性的孜孜以求,以及诗歌艺术技巧的逐渐圆熟,从唐初体到江西宗派体则属于唐宋时期的诗体发展。

从此段论述来看,严羽在撰写《沧浪诗话》时,他所处的诗歌环境仍是"江西宗派体"的影响时期。很多学者认为严羽的《沧浪诗话》很大程度上就是针对"江西宗派体"的主张,有感而发,才形成了这一系统的论诗的著作。

四

以人而论，则有苏李体_{李陵、苏武也}，曹刘体_{子建、公干也}，陶体_{渊明也}，谢体_{灵运也}，徐、庾体_{徐陵、庾信也}，沈宋体_{佺期、之问也}，陈拾遗体_{陈子昂也}，王杨卢骆体_{王勃、杨炯、卢照邻、骆宾王也}，张曲江体_{始兴文献公九龄也}，少陵体，太白体，高达夫体_{高常侍适也}，孟浩然体，岑嘉州体_{岑参也}，王右丞体_{王维也}，韦苏州体_{韦应物也}，韩昌黎体_{韩愈}，柳子厚体_{柳宗元}，韦柳体_{苏州与仪曹合言之}，李长吉体_{李贺}，李商隐体_{即西昆体也}，卢仝体，白乐天体，元白体_{微之、乐天，其体一也}，杜牧之体，张籍、王建体_{谓乐府之体同也}，贾浪仙体，孟东野体，杜荀鹤体，东坡体，山谷体，后山体_{后山本学杜，其语似之者但数篇，他或似而不全，又其他则本其自体耳}，王荆公体_{公绝句最高，其得意处，高出苏、黄、陈之上，而与唐人尚隔一关}，邵康节体，陈简斋体_{陈去非与义也。亦江西之派而小异}，杨诚斋体_{其初学半山、后山，最后亦学绝句于唐人。已而尽弃诸家之体，而别出机杼，盖其自序如此也}。

以人而论

译文

以诗人而论，则有苏李体（李陵、苏武），曹刘体（曹植、刘祯），陶体（陶渊明），谢体（谢灵运），徐庾体（徐陵、庾信），沈宋体（沈佺期、宋之问），陈拾遗体（陈子昂），王杨卢骆体（王勃、杨炯、卢照邻、骆宾王），张曲江体（始兴县伯文献公张九龄），少陵体（杜甫），太白体（李白），高达夫体（左散骑常侍高适），孟浩然体，岑嘉州体（岑参），王右丞体（王维），韦苏州体（韦应物），韩昌黎体（韩愈），柳子厚体（柳宗元），韦柳体（韦应物与柳宗元合称），李长吉体（李贺），李商隐体（即西昆体），卢仝体，白乐天体（白居易），元白体（元稹、白居易），杜牧之体（杜牧），张籍、王建体（两人的乐府诗体相同），贾浪仙体（贾岛），孟东野体（孟郊），杜荀鹤体，东坡体（苏轼），山谷体（黄庭坚），后山体（陈师道，本来学杜甫，他有数篇诗歌语言相似于杜甫，其他或相似但不全面，又其他诗歌是本源于他自己的诗风），王荆公体（王安石的绝句最高超，得意处，超出苏轼、黄庭坚、陈师道，而与唐代诗人还是隔了一重关），邵康节体，陈简斋体（陈与义，也属于江西派，略有差异而已），杨诚斋体（杨万里，他开始学王安石、陈师道，最后学习唐人绝句，学完后全部抛弃了各家的诗体，而形成了个人风格，在他的诗集自序里这样写道）。

品读

如果说，按时期划分的诗体代表的是当时的诗歌主流，那以诗人为标准划分的诗体，或者恰恰是与诗歌主流不尽相同，有着强烈个人特色的风格特征；或者是个人风格太过突出，从而引导了一个时期的诗歌主流发展方向。

前者例如陶渊明的"陶体",陶渊明是生活在晋宋之际的诗人,当时的诗坛主流是重视形式、讲求雕琢的风气,主流诗人的个性也偏现实功利,命运也因在乱世间而跌宕起伏,然而陶渊明却偏偏以自己清远淡泊的个性、出世隐居的人生选择,在文学创作上形成了自己平淡自然的诗风,在当时文坛上独树一帜,并对后世文人形成了深远的影响。后者比如黄庭坚的"山谷体",北宋时期宋人面对唐诗带来的巨大压力,努力求新求变,开拓出属于宋人的独特诗风,在这些有开拓精神的诗人中,黄庭坚表现出更强烈的自觉性,他的诗歌作品偏爱描写文人的书斋生活,对诗歌章法、句法、字法、声律等艺术技巧进行琢磨锻炼,形成了一套可学习、可推广的诗歌范式,因此"山谷体"终从"自成一家"到成为主流,开山立派("江西诗派")引领了一代诗风。例如黄庭坚的《题竹石牧牛》:"野径小峥嵘,幽篁相倚绿。阿童三尺棰,御此老觳觫。石吾甚爱之,勿遣牛砺角。牛砺角尚可,牛斗残我竹。"此诗句法、句式怪异,修辞奇巧,声调拗峭,用语生新,与唐人流转圆美的句法迥然而异,是黄庭坚精心讲求,刻意而为之的。后来,江西诗派诗人着力仿效,遂成为江西诗派衣钵相传的作诗法宝。

五

又有所谓选体选诗时代不同，体制随异，今人例谓五言古诗为选体，非也、柏梁体汉武帝与群臣共赋七言，每句用韵，后人谓此体为柏梁体、玉台体《玉台集》乃徐陵所序，汉魏六朝之诗皆有之。或者但谓纤艳者为玉台体，其实则不然、西昆体即李商隐体，然兼温庭筠及本朝杨刘诸公而名之也、香奁体韩偓之诗，皆裾裙脂粉之语，有《香奁集》、宫体梁简文伤于轻靡，时号宫体。其他体制尚或不一，然大概不出此耳。

译文

又有所谓的选体（《昭明文选》的诗歌时代不同，体制也有差异，现在的人例称五言古诗为"选体"，是不对的）、柏梁体（汉武帝与群臣一起做七言诗，每句用韵，后人称这种诗体为柏梁体）、玉台体（《玉台新咏》乃是徐陵所编纂，汉魏六朝的诗都有。有人只认为纤秾艳丽的诗是玉台体，并不是真实情况）、西昆体（即李商隐体，然而也兼温庭筠与本朝杨亿、刘筠等诗人而合称）、香奁体（韩偓的诗歌，都是有关女子裙裾脂粉的语言，著有《香奁集》）、宫体（梁朝简文帝的诗歌因为轻靡而受到不良影响，当时称为"宫体"，其他的体制或许有不一样的地方，然而大概也属于这样的体式）。

品读

在这里，严羽所列举的"选体"，出自《昭明文选》，选择标准是"事出于深思，义归乎翰藻"，"柏梁体"强调的是每句用韵，仍是形式上的追求，"玉台体"出自《玉台新咏》，南朝徐陵所编，多为艳诗或言情诗，"西昆体"师法李商隐，却将李商隐的讲究用典等技巧过度形式化，以至于宋人《古今诗话》中记载，有戏子扮演李商隐，穿了一件破破烂烂的袍子出场，称各位诗人已经将他的衣服东拉西扯破坏了，言下之意讽刺只懂表面形式的生吞活剥，"香奁体""宫体"亦是重技巧轻内容的体式。因此严羽在此所列举的诗歌体式均是偏形式化、风格绮丽的咏物、抒情诗。愈见严羽诗论的提出是建立在有所指的基础之上的。

六

又有古诗，有近体即律诗也，有绝句，有杂言，有三五七言自三言而终以七言，隋郑世翼有此诗：秋风清，秋月明。落叶聚还散，寒鸦楼复惊。相思相见知何日，此日此夜难为情。，有半五六言晋傅玄《鸿雁生塞北》之篇是也，有一字至七字唐张南史《雪》《月》《花》《草》等篇是也。又隋人应诏有三十字诗，凡三句七言，一句九言，不足为法，故不列于此也，有三句之歌高祖《大风歌》是也。古《华山畿》二十五首，皆三句之辞，其他古诗多如此者。，有二句之歌荆卿《易水歌》是也。又古诗有《青骢白马》《共戏乐》《女儿子》之类，皆两句之词也，有一句之歌《汉书》"枹鼓不鸣董少年"，一句之歌也。又汉童谣"千乘万骑上北邙"，梁童谣"青丝白马寿阳来"，皆一句也，有口号或四句，或八句，有歌行古有《鞠歌行》，《放歌行》，《长歌行》，《短歌行》，又有单以歌名者、行名者，不可枚述，有乐府汉成帝定郊祀，立乐府，采齐楚赵魏之声，以入乐府。以其音词可被于弦歌也。乐府俱备众体，兼统众名也，有楚辞屈原以下仿楚辞者，皆谓之楚辞，有琴操古有《水仙操》，辛德源所作，《别鹤操》，高陵牧子所作，有谣沈炯有《独酌谣》，王

昨夜雨疏风骤，浓睡不消残酒。

试问卷帘人，却道海棠依旧。

知否，知否？应是绿肥红瘦。

李清照（宋） 如梦令·昨夜雨疏风骤

昌龄有《箜篌谣》，穆天子之传有《白云谣》也。

译文

有古诗，有近体诗（即格律诗），有绝句，有杂言体，有三五七言（首句三言起，至末句七言，隋朝的郑世翼有这样的诗：秋风清，秋月明。落叶聚还散，寒鸦栖复惊。相思相见知何日，此日此夜难为情。），有半五六言（晋朝的傅玄《鸿雁生塞北》诗即是），有一字至七字（唐朝张南史的《雪》《月》《花》《草》等篇即是。另外隋朝的人在接受皇帝的诏令时写有一种三十字诗，有三句为七言，一句为九言，不足以成为诗体法则，所以不列在此处。）有三句之歌（汉高祖的《大风歌》就是。古辞有《华山畿》二十五首，其中有许多是三句之词，其他古诗也很多如此。有二句之歌（荆卿的《易水歌》即是。另外古诗有《青骢白马》《共戏乐》《女儿子》之类的，都是两句之词），有一句之歌（《汉书》上有"枹鼓不鸣董少年"，是一句歌。还有汉代童谣"千乘万骑上北邙"梁代童谣"青丝白马寿阳来"，都是一句），有口号（快速写成的诗歌，或四句，或八句），有歌行（音节、格律比较自由，形式采用五言、七言、杂言的古体，古代有《鞠歌行》《放歌行》《长歌行》《短歌行》，又有单独以"歌"字命名、单独以"行"字命名的，这里不再一一列举陈述），有乐府（汉武帝制定郊外祭祀仪式，并设立了乐府机关，采集齐、楚、赵、魏等地的音乐以入乐府，因为他们的乐声歌词都可以演奏歌唱。"乐府"具备了各种诗体，统摄了众多乐歌的名称），有楚辞（屈原以下模仿《楚辞》的作品，都叫作楚辞），有琴操（抚琴而唱的歌辞，古代有《水仙操》，辛德源作品，《别鹤操》，商陵牧子所作），有谣（沈炯作《独酌谣》，王昌龄作《箜篌谣》，《穆天子传》里有《白云谣》）。

品读

如果说诗歌是一种文字游戏，诗词格律就是游戏规则。在最早的诗歌里，是没有格律的概念的，然而随着诗歌创作的逐渐增加，加上汉语天生抑扬顿挫的特点与诗歌传唱的需求，文人开始在诗歌里开始或自觉或有意地追求形式上的美感，对偶和押韵应运而生。从这个层面上看，所谓古诗是不讲究形式，也就是不讲求押韵、对仗等，形式较为自由的诗歌，而所谓近体诗，又称格律诗，是诗歌发展到后面的阶段，制定了一系列关于形式的游戏规则，讲求格式和音律的诗歌。

七

曰吟 古辞有《陇头吟》，孔明有《梁甫吟》，相如有《白头吟》，曰辞 《选》有汉武《秋风辞》，乐府有《木兰辞》，曰引 古曲有《霹雳引》《走马引》《飞龙引》，曰咏 《选》有《五君咏》，唐储光羲有《群鸱咏》，曰曲 古有《大堤曲》，梁简文有《乌栖曲》，曰篇 《选》有《名都篇》《京洛篇》《白马篇》，曰唱 魏武帝有《气出唱》，曰弄 古乐府有《江南弄》，曰长调，曰短调。

译文

还有叫"吟"（古词里有《陇头吟》，诸葛亮有《梁甫吟》，司马相如有《白头吟》），有叫作"辞"（《文选》里有汉武帝的《秋风辞》、乐府诗里有《木兰辞》），有叫作"引"（古曲中有《霹雳引》、《走马引》、《飞龙引》），有叫作"咏"（《文选》里有《五君咏》，唐代储光羲作《群鸱咏》），有叫作"曲"（古代有《大堤曲》，梁简文帝作《乌栖曲》），有叫作"篇"（《文选》里有《名都篇》、《京洛篇》、《白马篇》），有叫作"唱"（魏武帝作《气出唱》），有叫作"弄"（古乐府有《江南弄》），有叫作"长调"（长歌）、叫作"短调"（短歌）。

品读

诗歌的发展历程中经过了各种样式的探索，与音乐的关系最为巨大。此处所列举的各类诗歌形式，都有要配乐演唱的功能。也正是在这种与音乐互动的关系中，更加强了对格式和音律的要求。严羽此处列举了各种配乐演唱的诗歌形式，所列举的这些诗歌正因易于传唱，从而对后世文学产生了深远的影响。

以孔明即诸葛亮所作《梁甫吟》为例，《辞海》论"《梁甫吟》为乐府曲名。梁甫一作梁父，山名，在泰山下。盖言人死葬此山，亦葬歌也"。《梁甫吟》是一曲壮士不逢时，含冤屈死的悲歌。当今中学语文教材中几次出现《梁甫吟》，诸葛亮《隆中对》："好为《梁甫吟》"，李白《梁甫吟》"梁甫吟，声正悲"，杜甫《登楼》："日暮聊为《梁甫吟》"。诸葛亮末出山时以《梁甫吟》抒发壮志难酬的不平之气，李白亦如此，杜甫际遇则更为心酸，唐朝安史之乱后藩镇割据，内忧外患，国运衰微，诗人登上高楼黯然神伤，发出了"日暮聊为《梁甫吟》"的慨叹。

八

有四声，有八病四声设于周颙，八病严于沈约。八病谓平头、上尾、蜂腰、鹤膝、大韵、小韵、旁纽、正纽之辨。作诗正不必拘此，蔽法不足据也，又有以叹名者古词有《楚妃叹》《明君叹》，以愁名者《文选》有《四愁》，乐府有《独处愁》，以哀名者《选》有《七哀》，少陵有《八哀》，以怨名者古词有《寒夜怨》《玉阶怨》，以思名者太白有《静夜思》，以乐名者齐武帝有《估客乐》，宋臧质有《石城乐》，以别名者子美有《无家别》《垂老别》《新婚别》。

译文

有平上去入四声，有八病（南朝周颙订立了四声，沈约则确定了作诗不能犯的"八病"，八病包括平头、上尾、蜂腰、鹤膝、大韵、小韵、旁纽、正纽等。但作诗不是一定要拘泥于此，有毛病的法则不足为凭据），又有以"叹"字命名者（古词里有《楚妃叹》《明君叹》），以"愁"字命名者（《文选》里有《四愁》，乐府诗里有《独处愁》），以"哀"字命名者（《文选》里有《七哀》，杜甫有《八哀》），以"怨"字命名者（古词有《寒夜怨》《玉阶怨》），以"思"字命名者（李白有《静夜思》），以"乐"字命名者（齐武帝有《估客乐》，宋臧质有《石城乐》），以"别"字命名者（杜甫有《无家别》《垂老别》《新婚别》）。

品读

所谓"四声"：背景是魏晋以来，中国声韵学受印度梵音学的影响，有了进一步的发展，到了齐代，竟陵王萧子良开西邸，沈约、谢朓、王融等"竞陵八友"日相联句赠答，探讨诗艺。周颙发现汉字有平上去入四种声调，始创《四声切韵》。四声是声律论提出的前提和基础。

所谓"八病"：是沈约《四声谱》根据汉字四声和双声叠韵的特点，来研究句中声、韵、调的配合，指出八种五言诗应该避免的弊病，称为"八病"。

"四声八病"这一声律要求使诗人具有了掌握和运用声律的自觉意识，对于增加诗歌艺术形式的美感，增强诗歌的艺术效果是有积极意义的。但同时，四声八病的要求过于精密烦琐，也给诗歌创作带来不少困难。

九

有全篇双声叠韵者东坡经字韵诗是也，有全篇字皆平声者天随子《夏日诗》四十字，皆是平，又有一句全平、一句全仄者，有全篇字皆仄声者梅圣俞《酌酒与妇饮》之诗是也，有律诗上下句双用韵者第一句、第三五七句押一仄韵；第二句、第四六八句，押一平韵。唐章碣有此体，不足为法，漫列于此，以备其体耳。又有四句平入之体，四句仄入之体，无关诗道今皆不取，有辘轳韵者双出双入，有进退韵者一进一退，有古诗一韵两用者《文选》曹子建《美女篇》有两"难"字，谢康乐《述祖德诗》有两"人"字，后多有之，有古诗一韵三用者《文选》任彦升《哭范仆射诗》三用"情"字也，有古诗三韵六七用者古《焦仲卿妻诗》是也，有古诗重用二十许韵者《焦仲卿妻诗》是也，有古诗旁取六七许韵者韩退之《此日足可惜》篇是也。凡杂用东、冬、江、阳、庚、青六韵。欧阳公谓退之遇宽韵则故旁入他韵，非也。此乃用古韵耳，于《集韵》自见之，有古诗全不押韵者古《采莲曲》是也，有律诗至百五十韵者少陵有古韵律诗，白乐天亦有之，而本朝王黄州有百五十韵五言律，有律诗止三韵者唐人有六句五言律。如李益诗"汉家今上郡，秦塞古长城。有日云常惨，无风沙自惊。当今天子圣，不战四方平。"是也，有律诗彻首尾对者少陵多此体，不可概举，有律诗彻首尾不对者盛唐诸公有此体。如孟浩然诗："挂席东南望，青山水国遥。轴舻争利涉，来往接风潮。问我今何适，天台访石桥。坐看霞色晚，疑是赤城标。"又"水国无边际"之篇，又太白"牛渚西江夜"之篇。皆文从字顺，音韵铿锵，八句皆无对偶，有后章字接前章者曹子建《赠白马王彪》之诗是也，有四句通义者如少陵"神女峰娟妙，昭君宅有无；曲留明怨惜，梦尽失欢娱"是也，有绝句折腰者，有八句折腰者，有拟古，有连句，有集句，有分题古人分题，或各赋一物，如云送某人分题得某物也，或曰探题，有分韵，有用韵，有和韵，有借韵如押七之韵，可借八微或十二齐韵是也，有协韵《楚辞》及《选》诗多用协韵，有今韵，有古韵如退之《此日足可惜》诗用古韵也，盖《选》诗多如此，有古律陈子昂及盛唐诸公多此体，有今律，有颔联，有颈联，有发端，有落句结句也，有十字对刘眘虚"沧溟千万里，日夜一孤舟"，有十字句常建"曲径通幽处，禅房花木深"等是也，有十四字对刘长卿"江客不堪频北望，塞鸿何事又南飞"是也，有十四字句崔颢"黄鹤一去不复返，白云千载空悠悠"，又太白"鹦鹉西飞陇山去，芳洲之树何青青"是也，有扇对又谓之隔句对。如郑都官"昔年共照松溪影，松折碑荒僧已无。今日还思锦城事，雪消花谢梦何如"是也。盖以第一句对第三句，第二句对第四句，有借对孟浩然"厨人具鸡黍，稚子摘杨梅"，太白"水春云母碓，风扫石楠花"，少陵"竹叶于人既无分，菊花从此不须开"是也，有就句对又曰当句有对。如少陵"小院回廊春寂寂，浴凫飞鹭晚悠悠"，李嘉祐"孤云独鸟川光暮，万里千山海气秋"是也。前辈于文，亦多此体，如王勃"龙光射斗牛之墟，徐孺下陈蕃之榻"，乃就句对也。

译文

有全篇双声叠韵的诗歌（苏轼经字韵诗即是），有全篇字皆平声的诗歌（陆龟蒙的《夏日诗》用四十个字都是平声。又有一句全用平声、一句全是仄声的诗歌），有全篇字皆仄声的诗歌（梅尧臣《酌酒与妇饮》之诗即是），有格律诗上下句用两个韵（第一、三、五、七句押一个仄声韵，二、四、六、八句押一个平韵。唐朝的章碣使用这种诗体，但不足以作为诗的法度，烦琐地罗列在此，用以完备说明诗的体制而已。又有四句第一字都是平声的诗体，四句第一字都为仄声的诗体，这些都与诗道无关，在此不详细说明），有辘轳韵的诗歌（韵脚双出双入），有进退韵的诗歌（韵脚一进一退），有的古诗一个韵脚使用两次（《文选》中曹植《美女篇》有两个"难"字韵脚，谢灵运《述祖德诗》有两个"人"字韵脚，后世多有这样的情形），有的古诗一个韵脚使用三次（《昭明文选》中任昉《哭范仆射诗》三次使用"情"字韵脚），有的古诗三个韵脚使用六七次（古代的《焦仲卿妻诗》即是），有的古诗反复使用二十几个韵字（《焦仲卿妻诗》即是），有的古诗旁用六七个韵部（韩愈《此日足可惜》篇即是。共杂用了东、冬、江、阳、庚、青六个韵部。欧阳修说：韩愈遇到宽韵的情形则旁用其他韵部，这样用韵不对。这乃是使用古韵而已，在《集韵》中可以见到），有的古诗全部不押韵（古代《采莲曲》即是），有律诗达到一百五十韵也就是三百句（杜甫有百韵律诗，白居易也有，而本朝王禹偁有一百五十韵的五言律诗），有律诗达到三韵也就是六句（唐朝诗人有六句的五言律，如李益诗"汉家今上郡，秦塞古长城。有日云常惨，无风沙自惊。当今天子圣，不战四方平"即是），有律诗从首句到尾句都对仗（杜甫多这种诗体，不能一一举例），有律诗从首句到尾句都不对仗（盛唐诗人有这样的诗体，如孟浩然的诗"挂席东南望，青山水国遥。轴舻争利涉，来往接风潮。问我今何适，天台访石桥。坐看霞色晚，疑是赤城标。"还有"水国无边际"的诗篇，以及李白"牛渚西江夜"的诗篇，都文从字顺，音韵铿锵，八句都没有对偶），有后一章的第一句与前一章的最后一句相蝉联呼应的体式（曹植《赠白马王彪》诗就如此），有四句的意义都连贯的体式（如杜甫"神女峰娟妙，昭君宅有无；曲留明怨惜，梦尽失欢娱"即是）。有绝句中间换用格律的，有八句从中间换用格律的，有模仿或效法古代某诗歌的题材、体制、语意、语气等写成的诗歌，有一人一句或一对或四句等写成的诗歌，有采集不同已有诗歌的句子，组成一首新的诗歌，有分题（古人分同一个大题目，在一个大题目下分别赋写其中包含的小题材，比如诗题是"送某人分题得某物"，或者称作"探题"），有分韵脚，叫"分韵"，有沿用韵脚，叫"用韵"，有按现用韵脚次序另作诗歌，叫"和韵"，有可借用通押的旁韵，叫"借韵"（比如押"七之"韵，可以借"八微"或"十二齐"韵），有可临时改读另外一个古音，叫"协韵"（《楚辞》及《文选》中的诗歌多使用协韵），有"今韵"（唐宋的音韵），有"古韵"（以

《诗经》为主的先秦两汉韵文的韵。如韩愈《此日足可惜》诗，用的就是古韵，《文选》的诗歌多有这种情形）。有古律（陈子昂及盛唐各大诗人多有此诗体），有今律（格律诗），有颔联（律诗中的第三、四句，需对仗），有颈联，有发端（律诗的第一、二句），有落句（格律诗的最后两句）。有十字对（十字叙一事，兼对仗，如刘眘虚有"沧溟千万里，日夜一孤舟"），有十字句（十字叙一事，一意浑成，但不对仗。如常建有"曲径通幽处，禅房花木深"等即是），有十四字对（如刘长卿"江客不堪频北望，塞鸿何事又南飞"即是），有十四字句（如崔颢"黄鹤一去不复返，白云千载空悠悠"，又李白"鹦鹉西飞陇山去，芳洲之树何青青"即是），有扇对（又称为"隔句对"，如郑都官"昔年共照松溪影，松折碑荒僧已无。今日还思锦城事，雪消花谢梦何如。"即是。是以第一句对第三句，第二句对第四句），有借对（在不能词性、语意相对时，借字或音来相对。如孟浩然"厨人具鸡黍，稚子摘杨梅"，李白"水春云母碓，风扫石楠花"，杜甫"竹叶于人既无分，菊花从此不须开"即是），有就句对（又称"当句有对"，如杜甫"小院回廊春寂寂，浴凫飞鹭晚悠悠"，李嘉祐"孤云独鸟川光暮，万里千山海气秋"即是。前辈在诗文中也多用这种体式，如王勃"龙光射斗牛之墟，徐孺下陈蕃之榻"，就是就句对）。

品读

格律诗是唐以后成型的诗体，主要分为律绝和律诗。按照每句的字数，可分为五言和七言。格律诗有句数、押韵、平仄等的限制。基本上有四种平仄格式，一句里的第一三五字不限平仄。以孟浩然的《宿建德江》为例：

移舟泊烟渚，日暮客愁新。

野旷天低树，江清月近人。

这首诗是平起的格式，平仄的要求是"平平平仄仄，仄仄仄平平。仄仄平平仄，平平仄仄平。"因为"一三五不论，二四六分明"，所以可参看这首诗。

严羽对这一部分的论述占了很大篇幅，分类非常精细，这就充分体现出严羽意欲辨清诗内诸体界限的意识。当然，对诗内诸体的辨析与辨诗文分界和辨高下优劣的不同，严羽在这一部分只是逐一列举，针对它们之间的界限并没有给出明确的定义，他所使用的举例法，让读者根据他举出的例子，自己去体会诗内诸体的差异。但是，严羽将之一一列举出来，说明在他的意识里，虽然这些都属于诗这个大的文体内，但它们之间还是有细微差别的。所谓学诗人不可不了解。

十

论杂体，则有风人上句述其语，下句释其义，如古《子夜歌》《读曲歌》之类，则多用此体，藁砧《古乐府》："藁砧今何在，山上复安山。何当大刀头，破镜飞上天。"僻辞隐语也，五杂俎见乐府，两头纤纤亦见乐府，盘中《玉台集》有此诗，苏伯玉妻作，写之盘中，屈曲成文也，回文起于窦滔之妻，织锦以寄其夫也，反复举一字而诵皆成句，无不押韵，反复成文也。《李公诗格》有此二十一字诗，离合字相折合成文，孔融《渔父屈节》之诗是也。虽不关诗之重轻，其体制亦古。至于建除鲍明远有《建除诗》，每句首冠以"建除平定"等字。其诗虽佳，盖鲍本工诗，非因建除之体而佳也，字谜，人名，卦名，数名，药名，州名，如此诗只成戏谑，不足法也。又有六甲十属之类，及藏头歇后等体，今皆削之。近世有《李公诗格》，泛而不备，惠洪《天厨禁脔》，最为误人。今此卷有旁参二书者，盖其是处不可易也。

译文

论及杂体诗，则有风人诗（诗的上句陈述，下句解释，例如古诗《子夜歌》《读曲歌》之类，就多使用此种诗体），藁砧（《古乐府》诗："藁砧今何在，山上复安山。何当大刀头，破镜飞上天。"属于隐蔽的比喻义，古代处死刑，罪人席藁伏于砧上，用铁斩之。铁、"夫"谐音，后因以"藁砧"为妇女称丈夫的隐语）、五杂俎（古乐府有诗云"五杂俎，冈头草。往复还，车马道。不获已，人将老。"后人便效仿这个形式写诗，还有如文字游戏，如保留第一、三、五句，改写第二、四、六句等）、两头纤纤（古乐府有诗云"两头纤纤月初生，半白半黑眼中睛。腷腷膊膊鸡初鸣，磊磊落落向曙星。"后人仿效这个形式写诗，并保留开头四个字"两头纤纤"，这种体制的诗歌被统称为"两头纤纤"）、盘中诗（《玉台新咏》有此诗，传说苏伯玉的妻子所作，苏伯玉出使外域久不归，苏妻相思成诗，此诗写在一个碟子里，由中央写起，回环盘旋至四角，成为一种诗歌体式）、回文诗（起源于窦滔的妻子在锦上织就一首诗赠予夫君，排列如方阵，四言、五言、六言等均能成诗，顺读、斜读、直读、横读、倒读也都能成诗）、反复（排成一行，可以从任何一字开始顺读或倒读，皆成诗句，且都能押韵。《李公诗格》里有这样的二十字诗歌）。离合诗（诗中暗藏某些字句，要把诗中文字结合、分离才能得到，孔融的《渔父屈节》就是这样的诗），虽然与诗的轻重无关，但这种体式也很古老。建除诗（古代阴阳家以"建、除、平、定"等十二字，配合十二地支，以判断吉凶。《建除诗》是把这些字嵌用在诗中，鲍照有《建除诗》，每一句的开头就冠用"建、除、平、定"等字，他的诗很好，但鲍照本就擅诗，并非只是因为建除诗好），字谜、人名、卦名、数名、药名、州名等这样的诗只是戏谑之作，不足以成为诗法（又有六甲、十属之类，以及藏头诗、歇后语等诗体，在此不一一列举。近世有《李公诗格》一书，内容广泛但不完备，有惠洪《天厨禁脔》一书，最是误导世人。现在本诗话有参考此二书的部分，因为它们之中可取之处也不可变）。

品读

对应于诗歌的主流体式而言，杂体诗就是所谓非主流的存在。但就像一个大花园不能仅仅只有牡丹芍药一样，别样的各种花卉的存在，才让一个大花园更具有丰富的层次性。而且相对于那些诗歌的主流体式，杂体诗更体现出一种"以文为戏"的趣味性，以及文人们颇具个性的创造力。

以回文诗为例。相传为汉时苏伯玉之妻所作。苏伯玉赴蜀久而不归，其妻居于长安，她运用巧思制为盘中诗以叙思念之情。这种诗写于盘中，从中央起句。回环盘旋而至于四角，所以称为"盘中诗"。诗曰：

> 山树高，鸟啼悲。泉水深，鲤鱼肥。空仓雀，常苦饥。吏人妇，会夫稀。出门望，见白衣。谓当是，而更非。还入门，中心悲。北上堂，西入阶。急机绞，抒声催。长叹息，当语谁。君有行，妾念之。山有日，还无期。结巾带，长相思。君忘妾，未知之。妾忘君，罪当治。安有行，宜知之。黄者金，白者玉。高者山，下者谷。姓者苏，字伯玉。人才多，知谋足。家居长安身在蜀，何惜马蹄归不数。羊肉千斤酒面斛，令君马肥麦与粟。今时人，智不足。与其书，不能读。当从中央周四角。

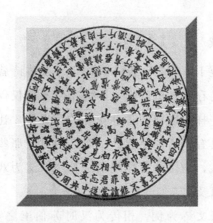

　　由图可见，这首诗的特点就是能够回环往复，正读倒读皆成章句，也就是形成了"回文体"。沈德潜《古诗源》关于此诗的评语说："使伯玉感悔，全在柔婉，不在怨怒，在深于情。"又说，"似歌谣，似乐府，杂乱成文，而用意忠厚。千秋绝调。"明人胡应麟也说它"绝奇古"。"回文体"后来又发展出多种形式，如"通体回文""就句回文""双句回文""本篇回文""环复回文"等。

诗法第三

一

学诗先除五俗：一曰俗体，二曰俗意，三曰俗句，四曰俗字，五曰俗韵。

译文

学习诗歌先要破除五种"俗"：一是陈俗的体式，二是俗气的诗意，三是陈俗的句子，四是俗气的字，五是陈俗的诗韵。

品读

在学诗的过程中，熟读与模仿往往是刚入门惯常的路径。好处是可以一窥诗歌殿堂之门，亦步亦趋快速上手，但问题也常常由此而生。过分想要去模仿和学习，就会沉浸在诗歌的"套路"中难以自拔，落入俗地。严羽讲"俗"分成了五个方面、体式、内容、句型、用字和韵律。这跟当时诗坛重视技巧研习的风气有关，庸俗的学诗人会将诗歌像机器一般拆成零碎，一个部分一个部分的进行模仿和学习，这样就失去了诗的感性本质，使得诗歌灵气全无。

另外，此处的俗还应指熟悉、重复使用的"俗"，比如说相思必用杨柳，登高必望远思乡，典故也都是大家耳熟能详的几种，陶明濬《诗说杂记》云："风云雨露，连类而及，毫无新意者是也。"总是重复使用大家都已经熟悉的手法写诗，从审美角度讲比较会引起审美疲劳，难以给人耳目一新的新鲜感，但更深层次的理解则是，说明创造力的匮乏。创造力一定诞生于活泼、不落窠臼的心灵，无法进行自己的创造，讲诗歌也玩成了理性的套路，是有悖于诗歌文学的本质的。

在忌俗这个问题上，严羽和江西诗派却是有一致看法的。严羽继承了江西诗派忌俗的精神内核。不过其中的区别也很明显，即江西诗派更多地从诗人的精神世界和作品的思想领域着眼，严羽则广泛推及艺术层面各要素。总体而言，缘于宋代特定的历史文化背景。对内强化集权专制，对外采取妥协退让，这是宋代政治的基本格局。因此，虽然有如范仲淹、王安石等着手变革的有识之臣，有岳飞、辛弃疾等抗敌报国的忠勇之士，但最终都回天无力。既然没有外在的疆域可自由驰骋，个人的潜能就只好在内在空间勾画流呈。因此，文人士大夫比以往任何时候更表现出对生命自守高洁和人格完善的欣赏，更表现出对自身生命的深沉体验和人格修养的执意追求。

二

有语忌，有语病。语病易除，语忌难
除。语病古人亦有之，惟语忌则不可有。

译文

作诗有用语的忌讳，有用语的毛病。用语的毛病容易去
除，但犯了用语的大忌很难改掉。语病古人也会有，但唯有
用语的忌讳不可以有。

品读

作诗不免会出错，在用语方面，严羽认为语病
还不打紧，所谓语病，就是造句之病，或者措施不
当，或者不合逻辑，比如两句诗的意思重复、结构
呆板等。比如杜甫的《奉赠韦左丞丈二十韵》"今欲
东入海，即将西去秦"之类，严羽认为这类语病只
要指出改正，都没有关系，而且不管多好的诗人也
都会在所难免地犯语病。但语忌处理起来就很麻烦
了，所以尽量不要犯。这大概相当于在我们的日常
生活中，读错字念错音没有关系，但犯了一些表达
上的忌讳，比如命意上的不检点、不符合文化传统、
风俗习惯或特定心境等等，就可能成为大麻烦。

三

须是本色，须是当行。

译文

作诗必须是本然之色、本来的样子，必须是符合诗歌这个行当的路子。

品读

"须是本色"指的是诗歌要符合吟咏情性的本质，以文字为诗，以才学为诗，以议论为诗都不符合诗歌创作的规范。

严羽的"本色说"是针对当时诗坛文体混淆的背景而提出来的，是对当时诗坛现实的回应，对于理清各种文体之间的界限具有重要意义。它的着眼点在于"体制"，严羽具有鲜明的"辨体"意识，"体制"是就形式而言，是本色说的第一要义，本色说在内容层面的具体内涵体现在妙悟，吟咏情性等方面，并贯穿于《沧浪诗话》的整体理论体系之中。同时，它也有过分拘泥以致固化保守，概念界定不清的局限性。

四

对句好可得，结句好难得，发句好尤难得。

译文

作律诗的过程中，对仗的句子写的好是可以获得的，结尾的句子好就非常难得了，而发句好就尤为难得。

品读

对句是可以靠熟练的技巧获得好句的，结句是全诗的提炼与升华，不仅需要诗才，还需要思力。很多诗歌通篇再好，但结句一弱，即暴露了气力衰减或是思力不足。发句好则更是超越了艺术技巧和思力，属于"神来之笔"，突然的起心动念、"起兴"，非人力所能完全掌控，而这突然的起心动念又是否能诱发出后面绵绵不绝的诗意，又与诗人的艺术修养和思力相关。因此严羽说发句好尤难得，比如李白的"蜀道难，难于上青天"、苏轼的"十年生死两茫茫"，都是发句就好的代表作。

古诗中好的对偶句确实很常见，"两个黄鹂鸣翠柳，一行白鹭上青天""万里悲秋常作客，百年多病独登台""窗含西岭千秋雪，门泊东吴万里船""昔我往矣，杨柳依依。今我来思，雨雪霏霏。"等等。

诗的发端是诗的艺术构思的重要环节。为了使诗的构思新颖奇警不落俗套，使诗意完整韵味含蓄不尽，诗人们对诗的开头狠下功夫，精心探索，巧妙落笔。例如东晋诗人陶渊明《饮酒》（其五）的开篇两句："结庐在人境，而无车马喧。"诗人借此表明自己隐居躬耕是生活在现实人间的，是脚踏实地的，与那些不食人间烟火的隐士迥然有别。既然在人境结庐，就很难避免世俗喧嚣的困扰。不料次句却接以"而无车马喧"。诗人只用一个"而"字就轻轻转出，使诗意翻进一层，似未曾着力而实有力。

再说结尾。马致远的《天净沙·秋思》："枯藤老树昏鸦，小桥流水人家，古道西风瘦马，夕阳西下。"画图固然惨淡萧索，但还不能肯定作者的意向。末句突然点明："断肠人在天涯。"使客子行吟，顿生"今夜不知何处宿"的悲叹，使得全曲由静止的景物变为动态的景物，无数孤立的现象融为一幅游子旅秋断肠图，使得暗淡凄凉的气氛更为浓重，勾画出一位游子长期漂泊异乡的孤苦情状，表达出了天涯游子凄寂、苦闷、失望、痛苦而又无法排遣的断肠之思，从艺术性上讲也有着画龙点睛、着手成春的妙趣。

五

发端忌作举止，收拾贵在出场。

译文

作诗的起首句切忌造作，诗的样貌如何，贵在出场时呈现的姿态。

品读

此段如同本色当行论一样，是用戏曲来比喻诗歌。诗人平常的艺术修养，为了一首诗的布局谋篇所费的心思都算是在"收拾"，但反映在诗歌里面，起首句就很忌讳张扬自己的"收拾"、艺术设计，会给人不真诚之感，自然也难以打动人心。

例如李白的《宣州谢朓楼饯别校书叔云》，开头就写道："弃我去者，昨日之日不可留；乱我心者，今日之日多烦忧。"这样起的好处，可以振起全篇，抓住读者，为下文奠定基础。又如南唐后主李煜的绝笔词《虞美人》，一开篇便一无所傍地唱出："春花秋月何时了？"本来平常的春花秋月，经诗人一点，便透露出宇宙间美好事物的无穷无尽，具有永恒的意义。很自然地道出其昔为君王，今为臣虏的苦难现实。

六

不必太着题，不必多使事。

译文

写诗不必要太拘泥地紧贴题目，不必要过多地使用典故。

品读

严羽在这里如此讲诗歌创作，没必要太拘泥于题目，言下之意略微发散也无大碍。当人在条条框框的约束下进行创作时，功力和技巧会提升，但创造力和灵性的流动也会大打折扣。严羽即是看到了这一点，所以特别提出来要敢于打破一些陈规，创作时有时会兴之所至，"微微荡开一笔"，让文思自然流淌，反而可能有妙笔生花的效果。毕竟诗歌是灵性的，非人力所能一直把控。而喜欢用典，则是当时江西诗派的一大特点，讲求"无一字无来处"，用典本身是为了让诗歌味道更加绵长，可咀嚼回味，增强诗歌的感染力，但发展到极致则变成抖书袋子，面目可憎。因此严羽一记棒喝，点醒那些刚开始学习诗歌，就被要求要一步一事的文人，原来自己一直遵从的以为不可侵犯的原则，都是"不必"二字。

七

押韵不必有出处，用事不必拘来历。

译文

诗歌的押韵没必要有出处，使用典故没必要拘泥于典故的出处。

品读

以唐人为师，加上自己的特点反复融合贯通，从而形成了宋诗的特点。但可能求好的心太切了，在一件事上用力过深，而且全是从理性层面着眼。江西诗派发展到后期，这样的特点就越发明显，对声韵、用典的讲究越发细碎，严羽正是站在这样的立场上提出了如此观点。

例如李白《古风》其三十六："抱玉入楚国，见疑古所闻。良宝终见弃，徒劳三献君。"李白借用和氏献玉的典故，抒发了良才见弃、忠臣见疑的悲哀和愤慨。使事用典不着痕迹，感情抒发慷慨激昂。因此严羽评曰："和玉以既剖为幸，白更深将来之磋。卞只足痛，李倍伤心。用事如此，方有论、有情、有识。"拈出"有论、有情、有识"，高度赞赏李白用事之高明。总之，要保持诗歌"当行"的特征，关键在于用典使事物含蓄蕴藉，不违"吟咏情性"的本质。

八

下字贵响，造语贵圆。

译文

诗歌用字贵在声音响亮，营造语句重在流转圆润。

品读

一直在抛却形式追求的严羽，貌似此处也在讲诗歌的形式与技巧。怎样才能让写出来的诗歌在吟诵的时候声音响亮呢？古人亦有这样的说法"七字诗第五字要响，五字诗第三字要响"，形式上来看是如此便可凸显汉语"抑扬顿挫"之声律美。而营造语句则不要生涩突兀，要顺畅自然，起承转合皆是温润流转。六朝的谢朓就曾对沈约说："好诗圆美流转如弹丸。"然而，到底如何能做到呢？除却艺术技巧之外，其实最重要还是要"本色"和"自然"，诗人须得有如此的修为，才能在诗歌中体现出如此的境界。

九

意贵透彻，不可隔靴搔痒；语贵脱洒，不可拖泥带水。

译文

诗意的重要之处在于清明透彻，不可隔靴搔痒、似懂非懂、用意不清晰；诗歌的语言贵在爽利洒脱，不可以拖泥带水。

品读

在语言文字的表达方面，经常会出现含混不清、语焉不详的情况，看起来是表达能力的问题，但其实都是思维够不够清晰透彻的问题，所以到底在诗歌中想表达什么意思，必须内心一片明澈，而语言的驾驭，也讲求风格精练、潇洒果敢。这是从诗歌的创作主体层面去理解的。

从受众层面来看，隔靴搔痒与拖泥带水会极大的影响读者对诗歌的理解、接受，诗歌本来就是思想情感的载体，载体不清晰，传递到读者面前时，再经过读者的个人化的解读，就更容易造成误读误解。这一场由文字产生的交流就是失败的。

十

最忌骨董，最忌衬贴。

译文

作诗最忌讳琐屑、多引用典故、一味好古，最忌讳过度刻画求贴切。

品读

按照陶明濬《诗说杂记》中的解释，"骨董"一词应有两种意义：一是"以古为尚，不加简择"，就是过分崇尚古语，不考虑当下环境的接受状况，一味引用古辞。例如在现在的社会中，如果我们在作文中仍然频繁使用《尚书》"分命羲仲，宅嵎夷，曰旸谷。寅宾出日，平秩东作"这样的表达方式，必定会引起接受困难。另一种意义是"奇而无理"，过于喜欢使用奇怪的语言，又没有李贺、韩愈那样"奇而有理"的修为水准，就会使整篇诗歌落入惨不忍睹的境况。严羽旨在提醒诗人，因为自己的个人爱好，而不顾读者的感受，就失去了诗歌应有的作用。

十一

语忌直，意忌浅，脉忌露，味忌短，音韵忌散缓，亦忌迫促。

译文

诗歌语言忌讳直白，诗意忌讳肤浅，思维的脉络忌讳显露无遗，诗歌韵味忌讳短促，诗的音乐忌讳散乱缓慢，也忌讳迫逼急促。

品读

毫无疑问严羽欣赏的都是上品之作，追求回味深长，言有尽而意无穷。而这样的意味是在诗歌缓缓推进的节奏中展现出的艺术画面，画画尚且讲求留白，何况诗歌？因此诗歌的语言如果过于直白，便不能寓意深远，诗意过于肤浅，品读起来了无趣味，诗脉显露无遗，作者的思维方式一览无余，少了阅读时的兴趣，诗歌的韵味短促，读后即忘却，没有深远的影响。而音韵的节奏过于急促或过于缓慢，都会减损诗歌之美。

以李白《山人劝酒》一诗为例，全诗如下：

山人劝酒

苍苍云松，落落绮皓。春风尔来为阿谁？蝴蝶忽然满芳草。

秀眉霜雪颜桃花，骨青髓绿长美好。称是秦时避世人，劝酒相欢不知老。

各守麋鹿志，耻随龙虎争。欻起佐太子，汉皇乃复惊。

顾谓戚夫人，彼翁羽翼成。归来商山下，泛若云无情。

举觞酹巢由，洗耳何独清。浩歌望嵩岳，意气还相倾。

李白通过对商山四皓稳固刘盈太子地位这一史实的概括，高度赞赏商山四皓不受屈辱，甘为隐沦的气节与一旦出山，扭转乾坤，功成身退，不为名利所牵的气度。诗人以此来表达自己功成身退的志向。这首诗歌不仅字句锻炼十分精湛，意境传达更是浑成深厚。严羽评"苍苍云松，落落绮皓"曰："人境俱不夺。喝起好，叠字更好。"又评"欻起佐太子，汉皇乃复惊"说："'欻起'二字，有大海回澜之力。"对李白诗歌炼字之精巧做出了肯定。最后"举觞酹巢由，洗耳何独清。浩歌望嵩岳，意气还相倾。"通过对商山四皓的赞美表达诗人自己的志向和追求。严羽评曰："此中有人，跂予望之，无限深情。从来反招隐诗无此俊逸。"

北风卷地白草折，胡天八月即飞雪。

忽如一夜春风来，千树万树梨花开。

岑参（唐）　白雪歌送武判官归京

十二

诗难处在结裹，譬如番刀，须用北人结裹，若南人便非本色。

译文

作诗的难处在于锻炼有成，就好像番刀，必须使用北人的锻炼方法，如果是南人就不是番刀应有的本来面目了。

品读

"结裹"一词，历来不易琢磨。原意是指番刀包扎装饰的环节。清代方回在《瀛奎律髓》中说："诗家有大判断，有小结裹。"所谓"大判断"是指诗人在主旨的选择、材料的剪切、意境创造方面的才能；所谓"小结裹"是指诗歌的具体入微的艺术技巧与表现手法。所以此处的"结裹"我们也做此理解。历代论"结裹"皆以杜牧诗为例。

题桃花夫人庙

细腰宫里露桃新，脉脉无言几度春。
至竟息亡缘底事？可怜金谷坠楼人。

清代潘德舆评价这首诗说："余尤爱其掉尾一

波，生气远出，绝无酸腐态也。"这里所谓"掉尾一波"是指诗人在前文铺叙与议论的基础上，陡然于结尾处提出一个全新带有启迪性的问题。这一新问题，是前文所叙内容主旨的升华。一般来说，前面所叙或所议之事只是后面新问题的铺垫，诗人表述的主旨正是诗歌结尾处陡然转变的新意。这一新意，给读者留下很宽的思想空间。杜牧借诗褒扬绿珠坠楼的贞烈，其意在讽刺息夫人面对强权软弱，苟且偷生。不过，表面上是贬挞妇人，其实质却在批判与妇人相关的当权者。"掉尾一波"亦属结裹的技法之一。

十三

须参活句，勿参死句。

译文

需要参悟有生机有生趣的句子，不要去参悟无生气的句子。

品读

严羽论诗似是针对江西诗派，然而这并不是绝对的。参"活句"，不参"死句"之说出自佛教典籍《五灯会元》，而这种思想亦是黄庭坚所推崇的，他提出的"点铁成金""夺胎换骨"的创作方法也正是禅宗明心见性，到达彼岸的参悟方法。因此，我们试参一首禅门活句偈颂：

桃花悟道

三十年来寻剑客，几逢落叶几抽枝。自从一见桃花后，直至如今更不疑。

这是灵云志勤禅师见桃花后悟道写下的偈诗。所谓"剑客"只是一个比喻的说法，灵云其实是在寻找一个手持佛法利剑的禅宗大师，希望能彻底斩断自己情识见解、诸种烦恼之根。这三十年来，心中的烦恼如同一颗未死的种子，虽然年年不断像秋天的落叶一样枯萎，却总是在春天不断抽出新枝。最终，不是棒喝如雷、机锋似剑的禅师，而是风姿绰约、色泽鲜妍的桃花充当了斩断他一切情识烦恼的"剑客"角色。

水流花开，鸟飞叶落，本身都是无意识、无目的、无思虑的，也就是"无心"的。而这"无心"，正是禅宗解脱烦恼的灵丹妙药。灵云见桃花而悟道，或许就是因为在那一刻进入不垢不净的无分别想的境界，于是超越时空因果，超越一切有无分别，从落叶抽枝的情识见解中彻底解脱出来。

十四

词气可颉颃，不可乖戾。

译文

词章散发出来的气质可以高昂傲气，但不可以逼仄戾气。

品读

词章里面可不可以有"脾气"，严羽的答案是可以有，有一种昂扬的精神气，即使高傲睥睨天下，看起来充满优越感不可亲近，但是也不可以有斗狠逼仄的戾气。这就好比一个人，可以有傲气有血性，但绝不是令人生厌的骄矜戾气。

例如李白的《南陵别儿童入京》：

> 白酒新熟山中归，黄鸡啄黍秋正肥。
> 呼童烹鸡酌白酒，儿女嬉笑牵人衣。
> 高歌取醉欲自慰，起舞落日争光辉。
> 游说万乘苦不早，著鞭跨马涉远道。
> 会稽愚妇轻买臣，余亦辞家西入秦。
> 仰天大笑出门去，我辈岂是蓬蒿人。

这首诗是李白即将奉诏入宫写的抒发行前心情的诗。此诗一开始以一派丰收的白酒新熟，黄鸡啄黍的景象，衬托出诗人兴高采烈的情绪。接着，诗人摄取了几个似乎是特写的"镜头"，进一步渲染欢愉之情。一进家门就"呼童烹鸡酌白酒"，神情飞扬，颇有欢庆奉诏之意。"儿女嬉笑牵人衣"，此情此态真切动人。继而又"高歌取醉欲自慰，起舞落日争光辉"，一边痛饮，一边高歌，表达快慰之情。酒酣兴浓，起身舞剑，剑光闪闪与落日争辉。

"游说万乘苦不早，著鞭跨马涉远道"，正是诗人曲折复杂的心情的真实反映。正因为恨不在更早的时候见到皇帝，表达自己的政治主张，所以跨马扬鞭巴不得一下跑完遥远的路程。"苦不早"和"著鞭跨马"表现出诗人的满怀希望和急切之情。

"会稽愚妇轻买臣，余亦辞家西入秦"，诗从"苦不早"又很自然地联想到晚年得志的朱买臣。据《汉书·朱买臣传》记载：朱买臣，会稽人，早年家贫，以卖柴为生，常常担柴走路时还念书。他的妻子嫌他贫贱，离开了他。后来朱买臣得到汉武帝的赏识，做了会稽太守。诗中的"会稽愚妇"，就是指朱买臣的妻子。李白把那些目光短浅轻视自己的世俗小人比作"会稽愚妇"，而自比朱买臣，以为像朱买臣一样，西去长安就可青云直上了。其得意之态溢于言表。

诗情经过一层层推演，至此，感情的波澜涌向高潮。"仰天大笑出门去，我辈岂是蓬蒿人。""仰天大笑"，可以想见其得意的神态；"岂是蓬蒿人"，显示了无比自负的心理。这两句把诗人踌躇满志的形象表现得淋漓尽致。正是一篇有"颉颃"之气的诗作。

十五

律诗难于古诗，绝句难于八句，七言律诗难于五言律诗，五言绝句难于七言绝句。

译文

格律诗比古体诗（不讲格律）要难写，绝句（四句）比八句要难写，七律比五律要难写，五绝又比七绝更难写。

品读

唐代出现的格律诗，分为律诗和绝句。律诗格律严格，篇有定句（每首八句），句有定字（五字或七字），字有定声（平仄相对），联有定对（中间两联对仗）。

绝句同律诗的区别，最明显的是句数不同，绝句每首四句，通常有五言、七言两种，简称五绝、七绝。绝句的平仄对仗没有律诗那么严格。唐朝以前的绝句叫作古绝句，押韵平仄对仗都较自由；唐朝以后的绝句称为近体绝句，大部分也不讲究对仗，称作散体，如贺知章的《回乡偶书》："少小离家老大回，乡音无改鬓毛衰。儿童相见不相识，笑问客从何处来？"有的绝句像律诗的一半，格律同于律诗的前四句、后四句或中间四句。同于律诗前四句的，后两句对仗，如孟浩然的《宿建德江》："移舟泊烟渚，日暮客愁新。野旷天低树，江清月近人。"同于律诗后四句的，前两句对仗，如王之涣的《登鹳雀楼》："白日依山尽，黄河入海流。欲穷千里目，更上一层楼。"同于律诗中间四句的，前后两句都对仗，如杜甫的《绝句》："两个黄鹂鸣翠柳，一行白鹭上青天。窗含西岭千秋雪，门泊东吴万里船。"

七言律诗。每首八行，每行七个字，每两行为一联，共四联，分首联、颔联、颈联和尾联。七律其实是五律的扩展，扩展的办法是在五字句的前面加上一个两字的头。仄上加平，平上加仄。

七律是五律的扩充，内容含量很大而还要严守格律，因此难度自然更大。

对于绝句来说，"五言直而倨，七言纵而畅"，从字数来看，七绝比五绝多了八个字，所以它可以使用更多的修饰语、语气词和叠词。而五绝要写得好，无法过分追求句法和词语的突出，只可争胜于整体意境气氛的巧妙营造，所以难度更大。

十六

学诗有三节：其初不识好恶，连篇累牍，肆笔而成；既识羞愧，始生畏缩，成之极难；及其透彻，则七纵八横，信手拈来，头头是道矣。

译义

学诗有三个阶段：最开始不知道好与坏，写的都是长篇大论，肆意落笔而写成；然后有了见识，觉得不好意思，会心生畏缩，写东西变得极其困难；等到学透彻了的阶段，就可以纵横在诗歌的世界里，随便写点什么，都可以头头是道。

品读

所谓"学诗三节"，指的就是学诗的三个阶段。第一阶段，初学者"初生牛犊不怕虎"，且经常得意于自己所写的作品，一有机会就拿出来炫耀。第二阶段，学诗者眼界越发开阔，经过了自己的大量创作后，也越发懂诗，因此感到羞愧，再不敢炫耀，甚至再写诗时变得极其困难，畏手畏脚，这个阶段非常难以突破。第三阶段，是诗艺和信心的突破，就是所谓的"透彻"的阶段。到了这一阶段，则再无障碍，能驰骋于诗歌的国度。

十七

看诗须着金刚眼睛，庶不眩于旁门小法（禅家有金刚眼睛之说）。

译文

品鉴诗歌需要用金刚眼睛，才不会被旁门小法所迷惑（金刚眼睛之说出自禅家）。

品读

金刚眼睛指目光锐利能洞彻原形的眼睛。出自《景德传灯录·良匡禅师》："唯有金刚眼睛，凭助汝发明真心。汝若会得，能破无明黑暗。"金刚眼睛不会为任何外相所迷惑，永远保持客观中立清醒，必须具备了这样的"第三只眼"，才不会被旁门左道所迷惑，任它变幻万千，我自岿然不动。

严羽此处所说的金刚眼睛应用于诗歌学习中，当是指他所提倡的"以汉魏晋盛唐为诗"，"诗惟在兴趣"，"兴象玲珑"，"言有尽而意无穷"等，而所谓的"旁门小法"则应是他所抨击的"以文字为诗、以才学为诗、以议论为诗"，"多务使事，不问兴致"等。

十八

辨家数如辨苍白，方可言诗。（荆公评文章先体制而后文之工拙）。

译文

分辨诗歌风格模式的来源，就要像分辨黑白一样清晰，才可以一起讨论诗（王安石评论文章时先评论体制，然后才讨论文辞的工巧粗拙）。

品读

犹如练武一样，看对方的招式路数，便能大致分辨对方的门派师承。诗人见识广，亦是如此，判断出诗歌出自何门何派，或是风格渊源。此处以王安石评价文章为例。

北宋文学家王禹偁被贬官后写了一篇《黄冈竹楼记》，全篇以竹楼为核心。作者借谪居之乐，抒写屡遭贬谪的不满之情。

《醉翁亭记》的名气要远远大于《黄冈竹楼记》，但王安石却认为《黄冈竹楼记》要优于《醉翁亭记》，大概就是出于文章体制的考虑，作为记文，《黄冈竹楼记》紧紧围绕竹楼来组织全篇，而《醉翁亭记》则过于发散，重点是在写欧阳修本人的怡然自乐。

十九

诗之是非不必争，试以已诗置之古人诗中，与识者观之而不能辨，则真古人矣。

译文

诗的是非好坏不必争论，试着把自己的诗歌放置于古人的诗歌之中，让看的人看到以后不能分辨出来，那就是真正的古诗（好诗）。

品读

在特定的历史条件下，复古并不等于守旧，更不意味着倒退。相反，古代文学史上多次重要的革新运动，恰恰是在"复古"的旗号下进行的。在古代文学的历史发展过程中，曾经形成过好几个难以企及的高峰。例如诗歌史上的风骚传统，建安风骨、盛唐气象等，诸峰并峙、眩人眼目，引起无数后人的羡慕和景仰，成为世代竞相学习的典范。正是由于这两种原因，历史上许多锐意革新的文学家，往往不得不打出"复古"的旗号。严羽正是其中的一位。严羽推崇古诗是因为古诗具有浑厚古朴、整一无间的气象；妙悟浑成、兴发无痕的诗法；以及物我浑融、超形入神的意境。

诗评第四

一

大历以前，分明别是一副言语；晚唐分明别是一副言语；本朝诸公，分明别是一副言语。如此见，方称具一只眼。

译文

唐代大历年之前，诗歌分明是一种语言风格；晚唐时期，分明是另一种语言风格；本朝（宋朝）各诗人，分明又是一种语言风格。有了这种见识，才算是独具慧眼了。

品读

严羽此处对诗歌的发展做了一个大的分期和论断：中晚唐之前的诗歌，是一番面貌，正是诗歌从缘起到发展至最盛时的过程。

从大历之后的晚唐时期，严羽认为诗歌出现了一种质变。晚唐诗很少展现开阔而超越的精神器局和富于理想气质的激情，更多地转向了对日常人情、男女情爱这些精神世界的一般内容的表现。

再论宋诗，在唐诗的基础上发展起来，面对唐诗辉煌难再的客观现实，宋诗努力寻找自己独特的风格，在经过模拟唐诗、艰难探索等过程后，宋诗逐渐形成了自己"以文为诗"，"以才学入诗"，"以议论入诗"的独特风格。

二

盛唐人，有似粗而非粗处，有似拙而非拙处。

译文

盛唐人的诗，有看起来似乎粗糙但其实并非粗糙之处，有看上去似乎笨拙但其实并非笨拙之处。

品读

盛唐诗人，不避粗拙，能以粗拙入诗的代表是杜甫。

杜甫诗歌的一大特色，就是以"丑拙"入诗，甚至以丑拙为美。他不但能够面对悲惨丑拙的现实，而且能把这样的现实表达得非常真诚恰当，同时传达出一种感发的力量。代表作就是他的《自京赴奉先县咏怀五百字》。"朱门酒肉臭，路有冻死骨"其实写的就非常粗拙，以"酒肉臭""冻死骨"这样的意象入诗，却成为千古名句，形象地揭示出贫富悬殊的社会现实。

三

五言绝句，众唐人是一样，少陵是一样，韩退之是一样，王荆公是一样，本朝诸公是一样。

盛唐人诗，亦有一二滥觞晚唐者，晚唐人诗，亦有一二可入盛唐者，要当论其大概耳。

译文

对于五言绝句，唐代诗人是一种风格，杜甫是一种风格，韩愈是一种风格，王安石是一种风格，本朝诗人们是一种风格。

盛唐人的诗歌，也有个别发端晚唐诗的风格，晚唐人的诗歌，也有个别的风格可放入盛唐诗中，这里评论的只是大概的风格。

品读

唐代五绝言微旨远，语浅情深，语绝而意不尽，一唱而三叹。代表作有王维《鸟鸣涧》："人闲桂花落，夜静春山空。月出惊山鸟，时鸣春涧中。"孟浩然《宿建德江》："移舟泊烟渚，日暮客愁新。野旷天低树，江清月近人。"李白《怨情》："美人卷珠帘，深坐颦蛾眉。但见泪痕湿，不知心恨谁。"都具有主气尚情，句意流通，婉转响亮，具有丰富的暗示性。

而杜甫的五绝则相当具有个人特色，他多采用直抒胸臆的表达方式，缺少含蓄之致，并且加大了情感浓度，提高了意境密集度，如《因崔五侍御寄高彭州适》一诗："百年已过半，秋至转饥寒。为问彭州牧，何如救急难。"《绝句》六首之四："急雨捎溪足，斜阵转树腰。隔巢黄鸟并，翻藻白鱼跳。"都属于杜甫五绝创作所带来的新变，批评者认为杜甫的五绝没有风神，缺少韵味，然而杜甫也有成功的五绝作品，如著名的《八阵图》诗："功盖三分国，名成八阵图。江流石不转，遗恨失吞吴。"诗作意境肃穆恢宏，情感深微浑厚，用词简洁凝练，语调徘徊往复。即便与作为五绝正宗的王维、李白之作相比，也毫不逊色。

韩愈的五绝则具有十分强烈的复古倾向，也多运用一些较为生僻的意象，如《青青水中蒲》："青青水中蒲，下有一双鱼。君今陇上去，我在与谁居。"《新亭》："湖上新亭好，公来日出初。水文浮枕簟，瓦影荫龟鱼。"王安石的五绝则是对唐人五绝特别是中晚唐五绝的继承与发展，但更加注重巧思，追求妙悟。如他的《梅花》："墙角数枝梅，凌寒独自开。遥知不是雪，为有暗香来。"在任何一种普遍现象下，都会有不同的个体，诗歌亦然。盛唐气象蔚为壮观，然而如盛唐诗人李颀的《琴歌》：

主人有酒欢今夕，请奏鸣琴广陵客。

月照城头乌半飞，霜凄万树风入衣。

铜炉华烛烛增辉，初弹渌水后楚妃。

一声已动物皆静，四座无言星欲稀。

清淮奉使千余里，敢告云山从此始。

亦有晚唐风韵。

　　而晚唐诗人如杜牧，他的咏史诗《赤壁》："折戟沉沙铁未销，自将磨洗认前朝。东风不与周郎便，铜雀春深锁二乔。"诗人从眼前之景联系到历史上的重大事件来进行抒情立论，音节响亮，俨然盛唐气概。

四

唐人与本朝人诗，未论工拙，直是气象不同。

译文

唐诗与宋诗，不必讨论技巧高低，直接就是气象不同。

品读

一代有一代之文学。关于唐诗和宋诗的差别，已经有诸多论述。严羽此处谈论的差异点是"气象"。

所谓"盛唐气象"，是指强大的唐王朝增进了唐人的自豪感与自信心，他们的诗歌中处处体现着昂扬向上的乐观精神。杨炯《从军行》："烽火照西京，心中自不平。牙璋辞凤阙，铁骑绕龙城。雪暗凋旗画，风多杂鼓声。宁为百夫长，胜作一书生。"体现着唐人昂扬的斗志与建功立业的豪迈之情。王翰《凉州词》："葡萄美酒夜光杯，欲饮琵琶马上催。醉卧沙场君莫笑，古来征战几人回。"将边疆将士的豪放与大义凛然的气度在诗中体现得淋漓尽致。此种气象由时代生活所造就，是模仿不来的。然宋人作诗却是另一面孔，社会的积贫积弱、内忧外患使得他们的诗歌始终笼罩着沉郁悲凉之气，难以拥有唐人雍容的气度与雄健气魄及开阔胸襟。

五

唐人命题，言语亦自不同，杂古人之集而观之，不必见诗，望其题引，而知其为唐人今人矣。

大历之诗，高者尚未失盛唐，下者渐入晚唐矣。晚唐之下者，亦随野狐外道鬼窟中。

译文

唐代诗人的诗歌命题语言就与别的不同。放置在所有古人的诗集中看，没有必要见到诗，只看到题目就可以知道是唐人还是现在人（宋人）的作品了。

唐大历年间的诗，水平高超的还未失去盛唐气象，下等的则渐渐落入晚唐的气格了。而晚唐的下等诗歌，则堕入旁门左道诗歌的鬼窟中。

品读

在慧眼独具的品评人面前，诗歌的题目就可以反映出诗歌的创作时代特征。

唐代诗题已经完全成熟，字数寥寥的短题与超过十字的长题并存，都是视其是否必要而为。短题要选用精当的词语概括全诗，一言中的，所以简练。

如韩愈的《山石》，崔颢的《黄鹤楼》，又如杜甫的名篇《天末怀李白》，诗题言"怀"，点明全篇之旨；如杜甫《天宝初，南曹小司寇舅于我太夫人堂下累土为山，一匮盈尺，以代彼朽木，承诸焚香瓷瓯，瓯甚安矣，旁植慈竹，盖兹数峰，嵚岑婵娟，宛有尘外格致，乃不知兴之所至，而作是诗》，描写逼真，详细介绍引起诗思的原因，字数虽多，但叙事简括。

大历诗人中水平高超的诗，如钱起的《暮春归故山草堂》："谷口春残黄鸟稀，辛夷花尽杏花飞。始怜幽竹山窗下，不改清阴待我归。"诗人以流水对的形式，用由人及物，由物及人的写法，生动地抒发了诗人的怜竹之意，和幽竹的"待我"之情。而所谓的"下者"如耿湋的《春日游慈恩寺寄畅当》："浮世今何事，空门此谛真。死生俱是梦，哀乐讵关身。远草光连水，春篁色离尘。当从庾中庶，诗客更何人。"完全是一种对国家社会漠不关心的态度，已是"气骨顿衰"。

至于晚唐以下，即五代至宋，皆是贪图享乐、醉生梦死的"野狐外道"，是严羽的一贯论点。

六

或问："唐诗何以胜我朝?"唐以诗取士，故多专门之学，我朝之诗所以不及也。

译文

有人问："唐诗凭什么胜过宋诗?"唐代以诗歌作为考题开科举取人才，所以作诗成为一门专业，所以宋诗比不上。

品读

唐诗之所以具有鲜活的生命力，是因为它正处在欣欣向荣的发展过程中，还尚未定型，他在前代诗歌自然进化的基础上登上更高一层，进行着更新、更完善的变化，这种活跃的生命力只有在事情发展过程中才能具有，一旦定型，随着形式的确定与不可动摇，生命力便会渐行渐远。

此处，严羽所提到的唐代诗赋取士制度，是律诗得以流行的不可忽视的原因之一。从这段论述亦可看到，宋代文人面对前人创造的诗歌高峰，在叹为观止的同时，只能以自己的角度去求新求变，进而形成宋诗特有的"以文字为诗，以才学为诗，以议论为诗"的笃学尚奇的诗风。而这样的诗风，显然不是严羽所乐见的。

七

诗有词理意兴。南朝人尚词而病于理；本朝人尚理而病于意兴；唐人尚意兴而理在其中；汉魏之诗，词理意兴，无迹可求。

译文

诗歌有辞采、义理、兴致韵味。南朝人崇尚辞采而弱于义理；本朝人（宋朝人）崇尚义理而弱于兴致韵味；唐朝人崇尚兴致韵味而义理自然在诗中；汉魏时期的诗歌，辞采、义理、兴致韵味，融会其中没有痕迹可求。

品读

在这一段落里，严羽提出了"词理意兴"的评价标准。所谓"词"，指"辞采"，"理"是"义理"，"意兴"指"兴致韵味"。南朝"尚词而病于理"，指南朝诗崇尚形式而弱于义理的挖掘和展现。南朝诗中的齐梁体、宫体诗、乐府情歌等都属于这一类。

宋朝人"尚理而病于意兴"，我们知道，严羽的诗论是为了矫正诗坛时病而发的，它要矫正的主要是变尽唐风、对诗"作奇特解会，遂以文字为诗，以才学为诗，以议论为诗"的江西诗派之弊，也包括理学家的性命义理之诗。

唐人"尚意兴而理在其中",是说唐诗的哲思妙理不是干巴巴地直接讲出来的,而是通过唐诗的意象自然地散发出来的。

而按照这个标准,获得最高评价的是汉魏诗歌。类似于禅宗所说的"无我"之境,不追求词理意兴,而三者自然完美融合,无迹可求。如《古诗十九首》中的《行行重行行》:

行行重行行,与君生别离。

相去万余里,各在天一涯;

道路阻且长,会面安可知?

胡马依北风,越鸟巢南枝。

相去日已远,衣带日已缓;

浮云蔽白日,游子不顾反。

思君令人老,岁月忽已晚。

弃捐勿复道,努力加餐饭。

八

汉魏古诗，气象混沌，难以句摘。晋以还方有佳句，如渊明"采菊东篱下，悠然见南山"，谢灵运"池塘生春草"之类，谢所以不及陶者，康乐之诗精工、渊明之诗质而自然耳。

译文

汉魏时期的古诗，诗的气韵兴象融汇贯通，难以摘出个别佳句。晋朝以后才开始有了佳句，例如陶渊明的"采菊东篱下，悠然见南山"，谢灵运"池塘生春草"之类。谢灵运之所以不如陶渊明的地方，是谢灵运的诗精致工巧，陶渊明的诗质朴自然。

品读

古代诗歌史上从来不乏因佳句而声名鹊起的例子，宋代张先写有"云破月来花弄影"的诗句而被称为"云破月来花弄影郎中"，宋祁写有"红杏枝头春意闹"的词句而被称为"红杏枝头春意闹尚书"，苏轼则因秦观写有"山抹微云"的词句、柳永写有"露花倒影"的词句而分别戏称他们为"山抹微云秦学士，露花倒影柳屯田"，而贺铸之所以被称为"贺梅子"，也是因为他写有"梅子黄时雨"的词句。

九

谢灵运之诗，无一篇不佳。

译文

谢灵运的诗，没有一篇不好的。

品读

谢灵运是南北朝时期杰出的诗人，开创了中国文学史上的山水诗派。

他的山水诗以精巧细致的语言生动细致地描绘了许多美丽的自然景色，显得鲜丽清新，自然可爱，诗歌经过诗人的经营安排，琢磨锻炼，更使得诗歌中体现的"自然"之感浑然天成，有着出水芙蓉之美。如"白云抱幽石，绿筱媚清涟"（《过始宁墅》）；"晓霜枫叶丹，夕曛岚气阴"（《晚出西射堂》）；"云日相辉映，空水共澄鲜"（《登江中孤屿》）；"林壑敛暝色，云霞收夕霏"（《石壁精舍还湖中作》）；"春晚绿野秀，岩高白云屯"（《入彭蠡湖口》）；"池塘生春草，园柳变鸣禽"（《登池上楼》）。正如明代王世贞说，谢灵运诗"至秾丽之极而反若平淡，琢磨之极而更似天然"，这都是谢灵运诗歌本身的魅力所在。

十

黄初之后，惟阮籍《咏怀》之作，极为高古，有建安风骨。

译文

曹魏黄初年后，只有阮籍的《咏怀》诗系列，极为高古，有建安风骨（慷慨悲凉有骨力）。

品读

阮籍生活在魏晋之际，是"竹林七贤"中的代表人物，崇奉老庄之学。曹魏后期，司马氏和曹氏争夺政权，他们大肆屠杀政治上的异己人物，造成异常黑暗、恐怖的政治局面。阮籍随着政治风云日趋险恶，不得已为司马集团所用，期间只得用佯狂的办法来躲避矛盾，终日饮酒，不问世事，"发言玄远，口不臧否人物"。虽避免了杀身之祸，但内心极端痛苦。史传记载他"率意独驾，不由径路，车迹所穷，辄恸哭而返"。他把这种痛苦与愤懑在诗歌中用隐晦曲折的形式倾泻出来，就是著名的五言诗《咏怀八十二首》。

十一

晋人舍陶渊明、阮籍嗣宗外，惟左太冲高出一时，陆士衡独在诸公之下。

译文

晋朝人除了陶渊明、阮籍之外，只有左思高于当时的诗人，陆机诗歌独在各诗人之下。

品读

左思是西晋诗人的代表。但与西晋繁缛华丽的诗风不同，左思诗歌风骨刚健，有建安遗风。代表作品是《咏史》诗8首，见于《文选》。《咏史》诗还借咏古人，阐明自己的生活态度和志向，声称："贵者虽自贵，视之若埃尘。贱者虽自贱，重之若千钧。"因此《咏史》的这种风格被称为"左思风力"。

陆机则是西晋诗人中所谓"太康诗风"的代表，作诗音律偕美、讲求对偶，大量使用铺陈排比，追求华词丽藻，虽然不符合严羽的审美标准，但从文学发展规律的角度来看，由质朴到华丽，由简单到繁复，是必然的趋势，陆机的追求，对中国诗歌发展是有贡献的。

十二

　　颜不如鲍，鲍不如谢，文中子独取颜，
非也。

译文

　　颜延之诗歌不如鲍照，鲍照诗歌不如谢灵运。王通（隋代大儒）独称颂颜延之，是不对的。

品读

　　谢灵运、颜延之、鲍照是南朝元嘉文坛的三位领袖人物，号称"元嘉三大家"。"元嘉三大家"的创作特点比较鲜明，曹道衡、沈玉成在《南北朝文学史》中作了精当的概括："谢灵运由政治失意而寄情山水，经过他的精心刻画，诗作开一代风气，标志了山水诗的形成和玄言诗的结束。颜延之的成就不能和谢、鲍相比，擅长庙堂应制之作，但颇受宋、齐两代上层人士的欣赏，诗风凝重而尚雕绘。鲍照的主要成就在乐府和拟古，是南朝作家中少数关心重要社会现实的诗人之一，笔力雄健，情调慷慨。"

十三

建安之作，全在气象，不可寻枝摘叶。灵运之诗，已是彻首尾成对句矣，是以不及建安也。

译文

汉末建安时期的诗歌，在于气韵兴象浑然一体，不能够截取章句。谢灵运的诗，则已经是从头到尾都成对偶句了，所以不如建安诗歌。

品读

建安文学属于汉代文学范畴。谢灵运的诗，属于六朝文学范畴。这是两种不同的风格。

建安文人开阔博大的胸襟、追求理想的远大抱负、积极通脱的人生态度，直抒胸臆、质朴刚健的抒情风格，形成了建安诗歌所特有的梗概多气、慷慨悲凉的风貌。为中国诗歌开创了一个新的局面，并确立了"建安风骨"这一诗歌美学风范。但严羽所谓"不可寻枝摘叶"也过于绝对，如曹操《短歌行》中的"对酒当歌，人生几何。譬如朝露，去日苦多"，就是千古名句。谢灵运时期，已开始进入六朝诗歌讲究辞藻精致的阶段，对偶句多，赢在技巧，输在气象，也是文学发展的必然现象。

十四

谢朓之诗，已有全篇似唐人者，当观其集方知之。

译文

谢朓的诗歌，已经有全篇都像唐人所作的，需要看谢朓诗集才可以发现。

品读

谢朓，字玄晖，是南朝杰出的山水诗人，与"大谢"谢灵运同族，世称"小谢"。今存诗二百余首，多描写自然景物，间亦直抒怀抱，诗风清新秀丽，圆美流转，善于发端，时有佳句；又平仄协调，对偶工整，开启唐代律绝之先河。谢朓的诗语言精美、音韵和谐，如"余霞散成绮，澄江静如练"（《晚登三山还望京邑》）；"天际识归舟，云中辨江树"（《之宣城郡出新林浦向板桥》）等，清新俊逸，精警工丽，是千古传诵的名句。

十五

戎昱在盛唐为最下，已滥觞晚唐矣。戎昱之诗，有绝似晚唐者，权德舆之诗，却有绝似盛唐者，权德舆或有似韦苏州、刘长卿处。

译文

戎昱在盛唐诗人里面算最下乘，已经开端晚唐诗风了。戎昱的诗，有极其像晚唐诗的。晚唐权德舆的诗，却有极其像盛唐诗的。权德舆有时会有像韦应物、刘长卿的诗。

品读

戎昱是中唐诗人，诗歌在基调上以沉郁为主，他的诗悲凉愁怨、深沉低婉、伤悼哀叹，与晚唐诗风有相近之处。

权德舆不但是唐代贞元、元和年间以文章进身，位极权宰的政治家，也是一位诗文并举、述作丰富的文学家。其诗中正温和、雍容典雅、清丽自然、轻快适意，且略带有盛唐风格。

严羽此处举的两例似在提醒世人，诗歌发展纵然有其一般规律，但亦不能完全以规律套之，诗人的个性特征以及其他因素有时也会导致出现与一般规律相违背的情况。

十六

冷朝阳在大历才子中为最下。马戴在晚唐诸人之上。刘沧、吕温亦胜诸人。李频不全是晚唐，间有似刘随州处。陈陶之诗，在晚唐人中，最无可观。薛逢最浅俗。

译文

冷朝阳在唐代大历年间的才子之中为最下乘。马戴在晚唐各位诗人之上。刘沧、吕温也比各位诗人要好。李频的诗歌不全是晚唐的风格，偶尔有些像盛唐刘长卿的地方。陈陶的诗，在晚唐诗人中，最没什么可看的。薛逢的诗，最浅薄俗气。

品读

冷朝阳，见于《唐才子传》记载，称其进士及第后归乡省亲，当时著名诗人钱起、李嘉祐、韩翃、李端等大会饯行，赋诗送别，为一时盛事，人皆羡之。诗工于五律，以写景见长。但《唐才子传》称其"在大历诸才子，法度稍弱，字韵清越"。诗多亡佚，资料甚少。

马戴的诗歌艺术特色被概括为"清峭雅奇"，如他的《灞上秋居》一诗："浦原风雨定，晚见雁行频。落叶他乡树，寒灯独夜人。空园白露滴，孤壁野僧邻。寄卧郊扉久，何年致此身？"此诗写的是寄居他乡的悲寂情怀。

晚唐刘沧，诗歌长于怀古，悲而不壮，如他所作的《秋日过昭陵》结联云："那堪独立斜阳里，碧落秋光烟树残。"在他之前，唐人把唐太宗的陵墓写得这样凄凉的不多。吕温诗现存一百多首。他的诗紧密联系现实人生，关心黎庶哀苦，揭露弊政，谴责藩镇割据，抒发个人忧愤，具有极强的现实意义。

陈陶和薛逢则是严羽批判的对象。陈陶诗歌的代表作是《陇西行》："誓扫匈奴不顾身，五千貂锦丧胡尘。可怜无定河边骨，犹是春闺梦里人。"从现存的陈陶诗来看，风格较为平淡。据史传记载，薛逢与人常有嫌隙，一个叫杨收的人作相后，薛逢有诗云："须知金印朝天客，同是沙堤避路人。威凤偶时因瑞圣，潜龙无水谩通神。"杨收听说了，心中甚为嫉恨。薛逢又被迫离京，担任蓬州刺史一职。杨收罢免相位后，薛逢才入朝担任太常少卿。给事中王铎为相时，薛逢又有诗云："昨日鸿毛万钧重，今朝山岳一尘轻。"王铎又怨恨他。薛逢依仗自己才华出众，言辞偏颇，常言人所不愿言之往事，招人反感，故而朝中人将其视为另类。严羽批评薛逢的诗，不知是否与人品有关。

十七

大历以后，吾所深取者，李长吉、柳子厚、刘言史、权德舆、李涉、李益耳。

译文

唐代大历年间之后，我所最推崇的是：李贺、柳宗元、刘言史、权德舆、李涉、李益等。

品读

李贺、柳宗元都是我们熟悉的诗人，权德舆在前面也有所提及。刘言史与李贺同时，亦与孟郊友善，诗歌的特点是美丽恢赡，颇具匠心。李涉是晚唐诗人，晚唐范摅《云溪友议》记载，长庆二年，正做太学博士的李涉前往九江，看望自己做江州刺史的弟弟李渤。船行至浣口，忽然遇到一群打家劫舍的盗贼。数十名贼人手执刀枪，喝令他们停船。船停下后，劫匪问："船上何人？"船夫答道："是李涉博士。"匪首听说后，命令部下停止抢劫，说："如果真是李博士，我们就不劫他的财了。不过我辈早就听说他的诗名，希望他能给我们写一首诗。"李涉听罢，铺开宣纸，写了一首绝句《井栏砂宿遇夜客》："暮雨潇潇江上村，绿林豪客夜知闻。他时不用逃名姓，世上于今半是君。"匪首得诗大喜，不但不抢李涉的钱财，反而送了许多财物给他。由此可见李涉在当时的名气是很大的，此事另有其他版本，但大意如此。

李益是大历年间诗人，以边塞诗著称，如《夜上受降城闻笛》："回乐峰前沙似雪，受降城下月如霜。不知何处吹芦管，一夜征人尽望乡。"这首诗语言优美，节奏平缓，寓情于景，以景写情，写出了征人眼前之景，心中之情，感人肺腑。诗意婉曲深远，让人回味无穷。刘禹锡《和令孤相公言怀寄河中杨少尹》中提到李益，有"边月空悲芦管秋"句，即指此诗。可见此诗在当时已传诵很广。《唐诗纪事》说这首诗在当时便被度曲入画。仔细体味全诗意境，的确也是谱歌作画的佳品。因而被谱入弦管，天下传唱，成为中唐绝句中出色的名篇之一。

十八

大历后，刘梦得之绝句，张籍、王建
之乐府，吾所深取耳。

译文

唐大历之后，刘禹锡的绝句，张籍、王建的乐府，是我
非常推崇的。

品读

刘禹锡的绝句成就之高，是公认的。他的绝句
成就主要体现在题材、观念、创新等各方面，其中
获得评价最高的一是他那些汲取民歌营养、仿民歌
音调而写成的《竹枝词》《浪淘沙词》《杨柳枝词》
等作品，还有就是咏史怀古的绝句。如《竹枝词》：
"杨柳青青江水平，闻郎江上唱歌声。东边日出西边
雨，道是无晴却有晴。"

张籍、王建都是中唐时代新乐府运动的代表人
物，在中唐国势式微的背景下，新乐府运动主张
"即事名篇"，倡导对时事的关注。张籍和王建又各
有不同，张籍反映现实生活、暴露社会生活的诗感
情激越，刻画入微，王建的诗则明快爽利，简练平
易，善于通过反映社会生活画面使人深思。

十九

　　李、杜二公，正不当优劣。太白有一二妙处，子美不能道；子美有一二妙处，太白不能作。子美不能为太白之飘逸，太白不能为子美之沉郁。太白《梦游天姥吟》、《远离别》等，子美不能道；子美《北征》、《兵车行》、《垂老别》等太白不能作。论诗以李、杜为准，挟天子以令诸侯也。

译文

　　李白、杜甫二人，不能分辨谁优谁劣。李白有些高妙之处，杜甫写不出来；杜甫有些高妙之处，李白写不出来。杜甫写不出李白诗的飘逸，李白写不出杜甫诗的沉郁。李白《梦游天姥吟》《远离别》等诗，杜甫写不出；杜甫《北征》《兵车行》《垂老别》等诗，李白写不出。评论诗歌以李白、杜甫为标准，就好像"挟持了天子来号令诸侯"一样的感觉。

品读

　　面对社会现实状况，李白在《梦游天姥吟留别》中是这样写的："天姥连天向天横，势拔五岳掩赤城。天台一万八千丈，对此欲倒东南倾。"气势磅礴，宏伟豪壮，这种气势和他对天姥山的急切向往的感情十分和谐，因此生出"我欲因之梦吴越，一夜飞渡镜湖月"的豪迈。用天马行空、无拘无束的梦境幻想描绘了一幅瑰丽的天庭幻境之后，笔锋突转，"世间行乐亦如此，古来万事东流水。别君去兮何时还，且放白鹿青崖间，须行即骑访名山。安能摧眉折腰事权贵，使我不得开心颜！"表现出自己对黑暗朝廷的不屑与性格上的洒脱。这一以虚写实的手法，是诗人在政治上受到打击，对现实不满、不屈于世俗、叛逆的思想感情的真实写照。

较之李白，杜甫创作方法的基调是现实主义的。由于现实的挫折，使得杜甫诗歌的思想感情深沉而郁闷。由于落笔于现实，因此描写细致，鞭辟入里，揭露深刻。如《咏怀五百字》，叙写了他归家途中的见闻及到家后的情景，都与当时的时代息息相关，客观上反映了唐王朝的贫富对立和尖锐的阶级矛盾。"况闻内金盘，尽在卫霍室。中堂舞神仙，烟雾蒙玉质。……朱门酒肉臭，路有冻死骨。"通过这种客观的叙写，并杂以议论来表达他深沉的忧国忧民的思想感情。李杜二人的感情基调不同，因此诗风迥异，在各自的诗风上都达到登峰造极的程度，却也注定不可能写出如对方一般的作品。而这也正是文学差异性的体现。文学本应如此。

关于李白与杜甫诗歌风格的差异，虽一直被人用来比对，但严羽此论却因太过精到，而成为最常被引用的两句："子美不能为太白之飘逸，太白不能为子美之沈郁。"

二十

少陵诗法如孙、吴，太白诗法如李广。少陵如节制之师。少陵诗，宪章汉、魏，而取材于六朝，至其自得之妙，则前辈所谓集大成者也。

译文

杜甫的诗法像孙武、吴起行军，李白的诗法像李广用兵。杜甫诗犹如有规矩、有制度可循的军队。杜甫的诗歌，效法汉魏古诗，而选取诗歌材料于六朝诗，再到他自己有所得之精妙境界，则是前辈所评论的"集大成"了。

品读

孙武、吴起是先秦的兵法家，两人分别著有兵书著作《孙子兵法》和《吴子》。此处严羽称杜甫的诗法像孙武、吴起行军，法度俨然。杜甫以自己艰苦卓绝的努力，对律诗在格律、结构、修辞等全方位来完善律诗（尤其是七律与排律）的声律，扩展其题材和充实其内容，挖掘其功能与表现力。使律诗建立一种可供模仿学习的范式，使其成为唐代音乐美与形式美完美结合并有规范可循、容易操作的近体诗（相对于古体而言）。例如他的《诸将五首》

《秋兴八首》《咏怀古迹五首》《阁夜》《登高》《又呈
吴郎》等诗，就是律诗中的"正格"代表作。

李广是西汉名将，被誉为"飞将军"，雄俊无
双。李广治军的特点一是简便易行，二是富于变化
出其不意。李白诗歌的特点是靠情、气、才流动贯
注于他的诗中。例如"黄河之水天上来，奔流到海
不复回""黄金白璧买歌笑，一醉累月轻王侯""俱
怀逸兴壮思飞，欲上青天揽明月"等等。

严羽做此评论的背景是宋代诗人普遍学习杜甫
的诗法，将杜甫的地位抬的更高，所以严羽此处强
调杜甫和李白之好各有不同，是很中肯的话。意在
提醒时人诗歌有不同的审美标准，不必固取一端。

二十一

观太白诗者，要识真太白处。太白天才豪逸，语多率然而成者。学者于每篇中，要识其安身立命处可也。

译文

观赏李白诗的人，要看到李白真正的独到之处。李白天才豪放飘逸，语句多有率然而成的。学习的人从每篇李白诗中，都要看到诗中的根基所在。

品读

此处严羽所论李白诗歌的独特性可举例说明：例如《秋浦歌》中的"白发三千丈，缘愁似个长"，有评论说："因照镜而见白发，忽然生感，倒装说入，便如此突兀，所谓逆则成舟也。唐人五绝用此法多，太白落笔便超。"再如《越中览古》："越王勾践破吴归，义士还家尽锦衣。宫女如花满春殿，只今惟有鹧鸪飞。"前面三句讲的是，春秋时期吴越两国争霸，越王获胜而归，将士们衣锦而行，满殿的宫女如花似玉，极写其盛，雄图霸业、奕奕声光。然而最后一句急转一笔，写了眼前的景色：几只鹧鸱在荒草蔓生的故都废墟上，旁若无人的飞来飞去，好不寂寞凄凉。这一句写人事的变化，盛衰的无常，以慨叹出之。过去的统治者莫不希望他们的富贵荣华是子孙万世之业，而诗篇却如实地指出了这种希望的破灭，这就是它的积极意义。诗人对这篇诗的艺术结构也做出了不同于一般七绝的安排。一般的七绝，转折点都安排在第三句里，而它的前三句却一气直下，直到第四句才突然转到反面，就显得格外有力量，有神采。这种写法，不是笔力雄健的诗人，是难以挥洒自如的。这些"率然而成者"，就是严羽所提到的李白诗的特点，也就是其"安身立命"之处。

二十二

太白发句，谓之开门见山。

译文

李白的首句，叫作开门见山，直接表达。

品读

李白具有深度的生命意识，表现在诗歌创作上更具生发力，其诗歌开头显得匪夷所思，起句往往凭空而出，显得突兀、神奇莫测，一开始就以惊人的语句先声夺人。他的诗歌名篇《蜀道难》劈头就是凿空发出的连声惊叹，"噫吁嚱，危呼高哉"，正是诗人郁积已久的思想感情，像地层深处的岩浆突然喷薄而出，造成了强烈的艺术效果。《将进酒》开端便是"君不见黄河之水天上来，奔流到海不复回；君不见高堂明镜悲白发，朝如青丝暮成雪"，两组排比反问长句凭空而起，仿佛作者思从天外来，把那黄河之水写得来有气势，去得悲壮激昂。表现出一种完全超越了作者个人局限而上升为普遍意义上的人生感叹，又迥然不同于孔子的"逝者如斯夫，不舍昼夜"那种平和的境界，而让人感受到更多的伤感与无奈，读之使人喘不过气来，甚至有窒息的感觉。

二十三

李、杜数公，如金翅擘海，香象渡河，下视郊、岛辈，直虫吟草间耳。

译文

李白、杜甫几位诗人，如同大鹏金翅鸟擘开海水、大香象渡过河流，往下再看孟郊、贾岛之类，简直就是小虫在草丛间鸣吟而已。

品读

"金翅擘海，香象渡河"，都是出自佛经。此处严羽一是用来表示李白、杜甫在诗坛的崇高地位，二是形容李白杜甫诗歌的气象之阔大。与孟郊、贾岛作对比。就内涵而言，气象指的是人的主观精神通过作品的意象和体制表现出来的整体的浑厚的艺术风貌，即诗歌的气势，而诗歌的气势或由语言来营造，或由意象来营造。欧阳修也有类似观点，他在《读李白集》写道："下看区区郊与岛，萤飞露湿吟秋草。"从气象而言，孟郊、贾岛的诗歌自不能与李杜相比。

二十四

人言太白仙才，长吉鬼才，不然，太白天仙之词，长吉鬼仙之词耳。

译文

有人说李白是仙才，李贺是鬼才。不对，李白诗是天仙之词，李贺诗是鬼仙之词。

品读

李白是"诗仙"，李贺是"诗鬼"，一向是我们脑中固有的形象。然而严羽此处强调李贺是鬼仙，也就是"仙凡之别"。所以需要重点了解的是李贺的"仙"，代表作品即《梦天》："老兔寒蟾泣天色，云楼半开壁斜白。玉轮轧露湿团光，鸾佩相逢桂香陌。黄尘清水三山下，更变千年如走马。遥望齐州九点烟，一泓海水杯中泻。"诗人写梦游天宫的见闻：云层掩映间观阁玲珑，往来的仙女环佩叮当，乘着宫车撵过桂花飘香的小径！下面四句，通过设置下望人寰的情节，从自在如神的天上陡然沦堕沧桑变幻的人间，只见人间沧海桑田、陵谷变迁，快如走马，辽阔的齐州大地渺如烟尘，孕大含深的东海形同杯水。整首诗的情调意境跟苏东坡《前赤壁赋》"寄蜉蜉于天地，渺沧海之一粟！哀吾生之须臾，羡长江之无穷！挟飞仙以遨游，抱明月而长终！知不可乎骤得，托遗响于悲风"很像，但苏轼感慨的对象止留于人，李贺诗竟然凌越至天上，得到的是天地、沧海尚且不堪永久的结论，那么人生的飘忽无常自不待言。再如《官街鼓》："晓声隆隆催转日，暮声隆隆呼月出。汉城黄柳映新帘，柏陵飞燕埋香骨，磓碎千年日长白，孝武秦皇听不得。从君翠发芦花色，独共南山守中国。几回天上葬神仙，漏声相将无断绝。"《古悠悠行》："海沙变成石，鱼沫吹秦桥。空光远流浪，铜柱从年消。"等等，都高扬起性情深刻的生命思考，李贺质疑那至美至乐的所在，底里是生命和价值深深的幻灭感，这噬人的死亡和附骨的苦难，纵使是飞仙幻想也不能解救，即便徜徉在怡神悦目的白云仙乡也不能遗忘，或许只有想到那幽冥世界里，与他共饮苦酒的鬼魂相伴时，诗人才真正收获一份此身不孤的解脱。那象征着死亡的世界，湿冷荒凄却在暗夜里流溢着魅惑诡谲的华光，这才是专属于李贺的"鬼仙"之美。

明月别枝惊鹊，清风半夜鸣蝉。

稻花香里说丰年，听取蛙声一片。

辛弃疾（宋）　西江月·夜行黄沙道中

二十五

玉川之怪，长吉之瑰诡，天地间自欠此体不得。

译文

卢仝诗歌的怪异，李贺诗歌的瑰丽奇诡，天地间自然不能缺少这样的诗风。

品读

卢仝是中唐时期韩孟诗派的重要人物之一，他的诗歌以怪异著称，代表作是《月蚀诗》。全诗用1677个字，描述了在浩瀚广阔的天体中发生的一次月全食现象和过程，诡异万状，纵横捭阖，连同它的篇名都是空前绝后的创新。试举其中一段"此时九御导九日，争持节幡麾幢旒。驾车六九五十四头蛟螭虬，掣电九火辀。汝若蚀开酾醽轮，御辔执索相爬钩，推荡轰訇入汝喉。红鳞焰鸟烧口快，翎鬣倒侧声盉邹。撑肠挂肚礧傀如山丘，自可饱死更不偷。不独填饥坑，亦解尧心忧。恨汝时当食，藏头撇脑不肯食。不当食，张唇哆觜食不休。食天之眼养逆命，安得上帝请汝刘。"描述的是月食发生的过程，而用词之险怪，比韩愈有过之而不无及。

而李贺是中唐的浪漫主义诗人，有"诗鬼"之称。他的诗歌特点是想象奇谲，辞采瑰丽，如他的《金铜仙人辞汉歌》：

> 茂陵刘郎秋风客，夜闻马嘶晓无迹。
> 画栏桂树悬秋香，三十六宫土花碧。
> 魏官牵车指千里，东关酸风射眸子。
> 空将汉月出宫门，忆君清泪如铅水。
> 衰兰送客咸阳道，天若有情天亦老。
> 携盘独出月荒凉，渭城已远波声小。

此诗慨叹韶华易逝，人生难久。汉武帝当日炼丹求仙，梦想长生不老。结果，还是像秋风中的落叶一般，倏然离去，留下的不过是茂陵荒冢而已。尽管他在世时威风无比，称得上是一代天骄，可是，"夜闻马嘶晓无迹"，在无穷无尽的历史长河里，他不过是偶然一现的泡影而已。中间四句用拟人法写金铜仙人初离汉宫时的凄婉情态，末四句写出城后途中的情景。此番离去，正值月冷风凄，城外的"咸阳道"和城内的"三十六宫"一样，呈现出一派萧瑟悲凉的景象。这时送客的唯有路边的"衰兰"，而同行的旧时相识也只有手中的承露盘而已。李贺在金铜仙人身上注入了自己的思想感情，又用衰兰的愁映衬金铜仙人的愁，婉曲新奇，想象独特。特别是"天若有情天亦老"，成为千古名句。

二十六

高岑之诗悲壮，读之使人感慨；孟郊之诗刻苦，读之使人不欢。

译文

高适、岑参的诗歌悲壮，读它们让人心生感慨；孟郊的诗歌孤清寒苦，读了让人不开心。

品读

作为著名边塞诗人，高适与岑参并称"高岑"，他们的诗歌风格笔力雄健，气势奔放，洋溢着盛唐奋发进取、蓬勃向上的时代精神。试以二人诗歌为例，如高适的《别董大》："千里黄云白日曛，北风吹雁雪纷纷。莫愁前路无知己，天下谁人不识君？"写别离的诗很多，然而高适却胸襟开阔，写别离而一扫缠绵幽怨的老调，雄壮豪迈。"千里黄云白日曛，北风吹雁雪纷纷。"这两句以其内心之真，写别离心绪，故能深挚；以胸襟之阔，叙眼前景色，故能悲壮。落日黄云，大野苍茫，唯北方冬日有此景象。"莫愁前路无知己，天下谁人不识君？"这两句是对朋友的劝慰：此去你不要担心遇不到知己，天下哪个不知道你董庭兰啊！话说得多么响亮，多么有力，于慰藉中充满着信心和力量，激励朋友抖擞精神去奋斗、去拼搏。因而能为志士增色，为游子拭泪。如果不是诗人内心的郁积喷薄而出，则不能把临别赠语说得如此体贴入微，如此坚定不移，也就不能使此朴素无华之语言，铸造出这等冰清玉洁、醇厚动人的诗情。再如岑参的《碛中作》："走马西来欲到天，辞家见月两回圆。今夜不知何处宿，平沙万里绝人烟。"描写作者辞家赴安西在大漠中行进时的情景，表达了作者初赴边塞的新奇之感和远离家乡的思亲之情，同时也显现出一种从军的豪情。

而诗人孟郊，其诗多写世态炎凉，民间苦难，有"诗囚"之称。与贾岛齐名"郊寒岛瘦"。诗歌风格险奇艰涩、精思苦吟，代表作如《苦寒吟》："天寒色青苍，北风叫枯桑。厚冰无裂文，短日有冷光。敲石不得火，壮阴正夺阳。调苦竟何言，冻吟成此章。"可以看作是诗人一生悲凉的形象写照。所以严羽评为"读之使人不欢"。

二十七

《楚辞》，惟屈、宋诸篇当读之外，惟贾谊《怀长沙》、淮南王《招隐》、严夫子《哀时命》宜熟读，此外亦不必也。

译文

《楚辞》，除了应读屈原、宋玉所作诗篇外，只有贾谊的《怀长沙》、淮南王刘安的《招隐》和严忌的《哀时命》适合反复阅读，其他的就不必读了。

品读

《楚辞》，是中国文学史上第一部浪漫主义诗歌总集。全书以屈原作品为主，还有宋玉及汉代淮南小山、东方朔、王褒、刘向等人辞赋共十七篇。以其运用楚地（今湖南、湖北一带）的文学样式、方言声韵和风土物产等，具有浓厚的地方色彩，对后代诗歌产生深远影响。严羽此处除了取公认的屈宋之外，独取贾谊、淮南王、严忌三人的作品，学界一般认为这三人的作品都是骚体赋，在形式上最为接近《楚辞》，也是文学性较强的作品。

二十八

《九章》不如《九歌》，《九歌》《哀郢》
尤妙。前辈谓《大招》胜《招魂》，不然。

译文

屈原的《九章》不如他的《九歌》，《九歌》《哀郢》尤其
好。前人说《大招》比《招魂》要好，不是这样的。

品读

严羽称赞《九歌》优于《九章》，乃是基于其对
诗歌"吟咏情性"的诗歌本质的推崇。《九歌》多情
思婉约之作，而《九章》则多为倾吐愤结、直斥邪
恶之笔，就两者表达"情性"的程度而言，《九歌》
明显高出一筹。《哀郢》虽说是《九章》中的重要作
品之一，但它却是屈原抒发爱国之情的杰作，其对
感情的细致刻画，对后世的抒情文学产生了深远影
响，因此严羽称赞它也是无可厚非的。

《大招》《招魂》都是《楚辞》中的篇目，都属
于召唤死者灵魂归来的作品。《大招》以政治理想招
魂，《招魂》以生活状态招魂。严羽更推崇《招魂》，
与严羽重视文学性，重视"吟咏性情"，淡化政治色
彩是相符合的。

二十九

读《骚》之久，方识真味；须歌之抑扬，涕洟满襟，然后为识《离骚》。否则如戛釜撞瓮耳。

译文

阅读屈原的《离骚》时间长了，才明白个中滋味；必须以高低起伏的声音来吟唱它，热泪迸发，才是懂了《离骚》。否则就像用敲击炊锅的感觉去撞击陶瓮。

品读

《离骚》开创了中国文学上的"骚"体诗歌形式，严羽此段论述的主要是《离骚》语言中孕育的韵律美。《离骚》作为长篇声乐套曲中的经典代表之作，凡是韵部所涉及之处皆给人以琳琅满目、纷繁富饶之感，其押韵变化妙不可言，技巧灵活，使得《离骚》的吟诵具有较强的回弹性和可调性，节奏明亮跳跃。《离骚》主要以音乐的形式在后世传播，因此它的韵律之美在词曲演绎中各尽其妙，蕴藏着深邃的古典韵律之美。

三十

唐人惟柳子厚深得骚学，退之、李观，皆所不及。若皮日休《九讽》，不足为骚。

译文

唐人只有柳宗元深深地习得了骚学，韩愈、李观都不如他。就像皮日休的《九讽》，也不足以成为骚体。

品读

作为"唐宋八大家"之一的柳宗元，一生留诗文作品达600余篇，其文的成就大于诗。在严羽眼中，柳宗元是识《离骚》真味的人，所谓"骚学"、"骚"之"真味"，就是屈原的精神品质及其在《离骚》等作品中的诗性表现。柳宗元"深得骚学"首先表现在与屈原精神的相通上，屈原变法夭折，柳宗元参与"永贞革新"也因失败被贬，他们都有强烈的历史使命感、忧国忧民的悲悯意识和经世济民的责任意识，也对阻碍变法革新的对立方有一股"怨愤"的情绪，可说是隔代知音，因此柳宗元在《游南亭夜还叙志七十韵》中"投迹山水地，放情咏《离骚》"，就表达了他的心迹。另外柳宗元还创作了大量的骚体赋，这与"骚"的诗体特征有关。楚

辞这种诗歌体式在母胎中（楚音、楚歌）就孕育着
一种幽怨的抒情特质，加上屈原用它来发愤抒情，
使它天生就与抒发哀怨之情有缘。柳宗元在运用这
种诗歌体式时，在诸多方面表现出继承性和创造性，
如卓越的景物描写，把"美人""香草"式的意象运
用推进为境象的创造，使屈原的象喻性修辞手段升
华为更高级的象征艺术，即对现实的历史拷问和梦
幻式的神游。如柳宗元所作的《天对》，向内心世界
更深邃的开掘，如《解祟赋》，借解卦来描写面对政
敌的诽谤诬陷时的内心矛盾，《惩咎赋》中对生死抉
择的心理过程的描述等等，取得了艺术上的成功。
因此得到了严羽的认同。

三十一

韩退之《琴操》极高古，正是本色，非唐贤所及。

译文

韩愈的《琴操》极其高尚古雅，正是本来面目，不是唐代其他贤人所能比得上的。

品读

韩愈为文主张惟陈言之务去，力求词必己出，不蹈袭前人一言一句，其诗歌创作亦复如此，多自道己意，不甘蹈袭前人，但其集中《琴操》十首却是个特例，这组以古琴操曲名为题而创作的琴歌，完全是传统的文人拟乐府。试举其中一首为例：

琴操十首·猗兰操

（孔子伤不逢时作。琴操云：习习谷风，以阴以雨。之子于归，远送于野。何彼苍天，不得其所。逍遥九州，无有定处。世人暗蔽，不知贤者。年纪逝迈，一身将老。）

兰之猗猗，扬扬其香。不采而佩，于兰何伤。今天之旋，其曷为然。我行四方，以日以年。雪霜贸贸，荠麦之茂。子如不伤，我不尔觏。荠麦之茂，荠麦之有。君子之伤，君子之守。

　　在这首拟辞中，韩愈用比拟的方式，讲述自己所追求的精神境界，猗兰隐幽谷而弥香，荠麦处霜雪而独茂，这是其固有之本性；君子不逢时而益自修古道，这亦是其固有之品格。全诗优美晓畅，文学性与思想性俱佳，又融合无迹浑然一体，故得到严羽的高度评价。

三十二

释皎然之诗，在唐诸僧之上，唐诗僧有法震、法照、无可、护国、灵一、清江、无本、齐己、贯休也。

译文

僧人皎然的诗，在唐代各位僧人之上。唐代的诗僧有法震、法照、无可、护国、灵一、清江、无本、齐己、贯休。

品读

诗僧皎然，在文学、佛学、茶学等方面都颇有造诣，与当时文人多有来往。现存 470 首诗，情调闲适，语言简淡，如他的诗作："移家虽带郭，野径入桑麻。近种篱边菊，秋来未著花。扣门无犬吠，欲去问西家。报到山中去，归来每日斜。"清丽自然。一般诗僧的诗歌，类似玄言诗，崇尚妙悟说理，表现在诗歌中容易影响文学性，诗味寡淡，然而皎然的诗则保有文学性，所以受到严羽的推崇。

三十三

集句唯荆公最长，《胡笳十八拍》混然天成，绝无痕迹，如蔡文姬肺肝间流出。

译文

集句这种写法只有王安石是最擅长的，他的《胡笳十八拍》浑然天成，没有雕琢斧凿的痕迹，就好像从蔡琰肺腑之间流淌出来一样。

品读

集句是旧时作诗方式之一，截取前人一代、一家或数家的诗句，拼集而成一诗，宋人集句风气颇盛。《胡笳十八拍》是古乐府琴曲歌辞，一章为一拍，共十八章，故有此名，反映的主题是蔡文姬归汉，反映了蔡文姬思念故乡而又不忍骨肉分离的极端矛盾的痛苦心情。王安石集 156 句现成诗文重新组合，创作《胡笳十八拍》，再现了该题原创作者一代才女蔡琰的动荡身世与悲苦心境。整整 18 拍以慨叹蔡琰命薄为始，呈现了战乱、入胡、思乡、分离、念子等一幅幅如泣如诉的画面，诉说着蔡琰悲苦的心境。有起承转合，有跌宕起伏。情节的发展与人物情感的变化搭配得恰到好处，呈现得自然而然。

例如在写蔡琰入胡的场景时，王安石撷取"玉骨瘦来无一把""几回抛鞚抱鞍桥""往往惊堕马蹄下"这些名句集成了细节共同体，来体现蔡琰入胡时的悲凉无助，场景描绘逼真而有张力，看不出组成造作的痕迹。又如第四拍：

> 汉家公主出和亲，御厨络绎送八珍。
> 明妃初嫁与胡时，一生衣服尽随身。
> 眼长看地不称意，同是天涯沦落人。
> 我今一食日还并，短衣数挽不掩胫。
> 乃知贫贱别更苦，安得康强保天性。

此拍表现的是蔡琰以昭君出塞来对比自身处境，王安石在着力描写蔡琰悲苦的同时，能用蔡琰之心去遥想王昭君，在写即景的同时又宕开一笔，集几句诗勾勒出历史长河上的王昭君，使两位红颜的命运在此交叠，呈现出一种同心圆之美，显得匠心独运。

从全诗的句子衔接、化用技法来看，诗人王安石悠游诗海，巧妙化用，其才气令人不禁叹服。虽然世间不乏才高者，能将集句诗写得顺畅优雅者也不在少数，但他们创作的最多不过是"斑斓锦衣"，而王安石创作的可叫"无缝天衣"。因此受到严羽的赞誉。

三十四

拟古惟江文通最长，拟渊明似渊明，拟康乐似康乐，拟左思似左思，拟郭璞似郭璞，独拟李都尉一首，不似西汉耳。

译文

拟古这种写法只有江淹最擅长，拟陶渊明就像陶渊明，拟谢灵运就像谢灵运，拟左思就像左思，拟郭璞就像郭璞，只有拟李陵的一首诗，不像西汉时的风格。

品读

江淹是南朝著名诗人，也是"江郎才尽"这一成语的主人公。江淹著有《杂体诗三十首》，分别模拟了汉魏以来三十家有代表性的古诗。首先江淹拟古这一行为和严羽论诗辩体之宗旨颇为相似，都是针对当时诗坛注重诗歌形式带来的不良倾向；其次，江淹时代和严羽时代，文坛都对前代诗歌认识相当模糊和混乱。二人皆欲通过辨明前人诗作诗风的方式，纠正时弊。江淹对严羽未必有直接的影响，但江淹"品藻渊流"的拟古创作和严羽的文学思想是相通的，因此，严羽特别重视江淹的拟古创作。

再次，江淹拟古的宗旨与严羽观点一致，重在拟"气象"。被严羽赞赏的几首拟古作品，都有这样的特点，都拟诗人创作中最能代表各人诗歌气象的题材，如对于陶渊明，主要拟写田园诗，且拟作的情感色彩与诗人的诗作基本相同，拟作的语言风格与诗人的诗作极为相似。如《陶征君潜田居》：

> 种苗在东皋，苗生满阡陌。
> 虽有荷锄倦，浊酒聊自适。
> 日暮巾柴车，路暗光已夕。
> 归人望烟火，稚子候檐隙。
> 问君亦何为？百年会有役。
> 但愿桑麻成，蚕月得纺绩。
> 素心正如此，开径望三益。

整体气象与原作相类，后世人赞为"得彭泽（陶渊明）之清逸矣。"

三十五

虽谢康乐拟邺中诸子之诗，亦气象不类。至于刘玄休《拟行行重行行》等篇，鲍明远《代君子有所思》之作，仍是其自体耳。

译文

即使是谢灵运拟魏晋时期三曹以及建安七子的诗歌，仍然气韵兴象方面不像。再说到刘铄的《拟行行重行行》等诗歌，鲍照《代君子有所思》的诗歌，仍然还是自己的风格。

品读

六朝诗人多有模拟诗歌，如晋陆机《拟古诗十九首》，鲍照有多首"代古乐府"。古人常常"拟"、"代"诗歌，拟古之作，有拟其声，有拟其意，有声意并拟。这种诗歌容易被人忽略，原因在于并非原创，容易被人评为"优孟衣冠"，因模仿所限，其意难于变换翻新。然而严羽却很推崇拟古之作，这跟他推崇复古的诗学理念是一致的，而且拟古正是学习古人之作、领悟古诗特质的最好方式。然而严羽也认为拟古不是简单的拟其声、意，而应该是拟其气象。而他在此批评的几首作品，就是因为没有拟对方的气象，仍然是自己的风格。以鲍照《代君子有所思》为例：

君子有所思行

陆机

命驾登北山，延伫望城郭。廛里一何盛，街巷纷漠漠。
甲第崇高闼，洞房结阿阁。曲池何湛湛，清川带华薄。
邃宇列绮窗，兰室接罗幕。淑貌色斯升，哀音承颜作。
人生诚行迈，容华随年落。善哉膏粱士，营生奥且博。
宴安消灵根，酖毒不可恪。无以肉食资，取笑葵与藿。

代陆平原君子有所思行

鲍照

西上登雀台，东下望云阙。层阁肃天居，驰道直如发。
绣甍结飞霞，璇题纳明月。筑山拟蓬壶，穿池类溟渤。
选色遍齐代，徵声匝邛越。陈钟陪夕宴，笙歌待明发。
年貌不可留，身意会盈歇。蚁壤漏山河，丝泪毁金骨。
器恶含满欹，物忌厚生没。智哉众多士，服理辨昭昧。

三十六

和韵最害人诗。古人酬唱不次韵，此风始盛于元白、皮陆，本朝诸贤，乃以此而斗工，遂至往复有八九和者。

译文

以韵相和对诗歌最为有害。古人互相酬唱诗歌时并不和韵，这个风气是从元稹白居易、皮日休和陆龟蒙开始兴盛的，而本朝（宋朝）的各位，就用和韵来比拼诗歌的工巧技艺，所以能导致来来回回和八九次韵的情况发生。

品读

所谓"和韵"，是指与别人的诗相唱和时，依照其诗所押的韵作诗。"和韵"酬唱繁荣于元白，即元稹和白居易，二人都是中唐著名诗人，以诗齐名，两人的交往从贞元十九年始，止于大和五年元稹去世，历时三十年。白居易《祭微之文》中哀叹："行止通塞，靡所不同；金石胶漆，未足为喻"，精练地概括了两人一生的友情，两人之间的唱和诗现存有四百余首，可见唱和之频繁。其中"和韵"的代表有白居易《代书诗一百韵寄微之》，元稹《酬翰林白学士代书诗一百韵》、白居易《东南行一百韵》，元稹《酬乐天东南行一百韵》等。

三十七

孟郊之诗，憔悴枯槁，其气局促不伸，退之许之如此，何耶？诗道本正大，孟郊自为之艰阻耳。

译文

孟郊的诗歌，风格憔悴枯槁，其间的气格局促不伸展，韩愈却很夸奖他，为什么呢？为诗之道本来就是正大宽广，孟郊自成其艰辛险阻的风格。

品读

对孟郊在文学史上的评价，存在很大的分歧，中唐韩愈、张籍、贾岛、李观乃至白居易等人，对孟郊推崇备至。但自宋代苏轼以"郊寒""寒虫"来评价孟郊以来，历代的诗论家对孟郊的人品、诗品都否定良多。

就孟郊诗本身而言，总是不厌其烦地在诗中哀叹自己的衰老、病痛、贫穷以及痛苦焦灼的心灵。如《卧病》一诗："贫病诚可羞，故床无新裘。春色烧肌肤，时餐苦咽喉。倦寝意蒙昧，强言声幽柔。承颜自俯仰，有泪不敢流。默默寸心中，朝愁续莫愁。"因此严羽认为无论是"气象""神韵"还是"格"都离其心中的标准相去甚远。

三十八

孟浩然之诗，讽咏之久，有金石宫商
之声。

译文

孟浩然的诗，吟咏时间久了，发现有合乎音律的声音。

品读

此处严羽讲的是孟浩然诗歌的音律之美，应指
的是孟浩然的近体诗。所谓近体诗，就是讲究句法、
对偶、声韵的诗体。写近体诗的诗人不少，为何严
羽独于孟浩然之诗中，吟咏出了金石宫商之声呢？
经过学者们的研究发现，孟浩然的近体诗中酷爱使
用虚词和虚词短语，使得诗歌在节奏上会出现整散
结合、张弛跌宕的效果，形成张弛顿宕的律动美感。
例如他的《西山寻辛谔》：

漾舟寻水便，因访故人居。落日清川里，谁言独羡鱼。
石潭窥洞彻，沙岸历纤徐。竹屿见垂钓，茅斋闻读书。
款言忘景夕，清兴属凉初。回也一瓢饮，贤哉常晏如。

三十九

唐人七言律诗，当以崔颢《黄鹤楼》为第一。

译文

唐人的七律诗里面，应当以崔颢的《黄鹤楼》为第一。

品读

唐代诗人崔颢创作的七律诗《黄鹤楼》，全诗如下：

> 昔人已乘黄鹤去，此地空余黄鹤楼。
> 黄鹤一去不复返，白云千载空悠悠。
> 晴川历历汉阳树，芳草萋萋鹦鹉洲。
> 日暮乡关何处是？烟波江上使人愁。

诗人站在暮色苍茫的黄鹤楼头，眺望烟波滚滚的长江，关于黄鹤楼美丽的传说，引起了诗人对悠远过去的深沉凭吊，并且抒发出自己思念乡土的满怀愁绪。短短几行诗里，不仅洋溢着诗人丰富深厚的感情，而且气魄宏大地表现了祖国山川的无限雄伟与瑰丽。诗句脱口而出，自然、宏丽、浑厚、深沉。

诗的主旨是通过仙境与人生的对比，既表现出热爱自然的深情，又抒发出人生短暂的感慨。诗人登上高楼，联想传说中的仙人乘云而去，而今空留遗迹，自己却不能随仙远游，故顿生遗憾。但眺望眼前的世界，汉阳原上，晴川历历，鹦鹉洲头，春草萋萋，也非常美妙，颇堪留恋。面对如此好景，自己既不能成仙，又不能永驻，而只是天地间的匆匆过客而已，不由得北望故乡，愁情满怀。故"愁"字是这首诗集中抒情之笔，也是全诗的诗眼。

时至元人辛文房《唐才子传》记李白登黄鹤楼本欲赋诗，因见崔颢此作，为之敛手，说："眼前有景道不得，崔颢题诗在上头。"传说或出于后人附会，未必真有其事。但这一来，崔颢的《黄鹤楼》的名气就更大了。

正由于此诗在艺术上出神入化，取得极大成功，因此它被严羽推崇为唐人七律第一，也因为严羽如此推崇，所以此诗也越发名噪一时。

四十

唐人好诗，多是征戍、迁谪、行旅、离别之作，往往能感动激发人意。

译文

唐代人好的诗篇里，很多都是写征人戍边、迁徙贬谪、行迹旅程、离别等主题的作品，往往能够感动人心激发人的共鸣。

品读

当坎坷、特别的境遇与文人相遇时，往往在文学上会产生奇妙的化学变化，诞生佳作。比如唐人王昌龄的征戍之作《出塞》："秦时明月汉时关，万里长征人未还。但使龙城飞将在，不教胡马度阴山。"比如韩愈的贬谪诗《左迁至蓝关示侄孙湘》："一封朝奏九重天，夕贬潮阳路八千。欲为圣明除弊事，肯将衰朽惜残年。云横秦岭家何在？雪拥蓝关马不前。知汝远来应有意，好收吾骨瘴江边。"比如李白的赠别诗《送友人》："青山横北郭，白水绕东城。此地一为别，孤蓬万里征。浮云游子意，落日故人情。挥手自兹去，萧萧班马鸣。"都是将生命中的低沉情绪、悲哀的境遇化为极具感染力的千古名作。

四十一

苏子卿诗："幸有弦歌曲，可以喻中怀。请为游子吟，泠泠一何悲！丝竹厉清声，慷慨有余哀。长歌正激烈，中心怆以摧。欲展清商曲，念子不能归。"今人观之，必以为一篇重复之甚，岂特如《兰亭》"丝竹管弦"之语耶。古诗正不当以此论之也。《十九首》："青青河畔草，郁郁园中柳。盈盈楼上女，皎皎当窗牖。娥娥红粉妆，纤纤出素手。"一连六句，皆用叠字，今人必以为句法重复之甚，古诗正不当以此论之也。

译文

苏武有诗："幸有弦歌曲，可以喻中怀。请为游子吟，泠泠一何悲！丝竹厉清声，慷慨有余哀。长歌正激烈，中心怆以摧。欲展清商曲，念子不能归。"现在的人看它，必定以为是一篇重复太多大家作品，但其实岂不是正像《兰亭集序》里"丝竹管弦"类的语言风格吗？古诗实在不能以这种论调去评论。《古诗十九首》里面有一首："青青河畔草，郁郁园中柳。盈盈楼上女，皎皎当窗牖。娥娥红粉妆，纤纤出素手。"

一连六句都用了叠字，现在的人肯定认为句法重复的严重，但古诗实在不能如此评论。

品读

严羽此处所列举的苏武诗，出自投降匈奴的李陵与被匈奴囚禁的苏武之间的互相赠别诗，一共七首，分为李陵赠苏武诗三首，苏武赠李陵诗四首，是研究文人五言诗的重要材料。最早见于《昭明文选》中的著录。

诗中听音乐的一段是反复描写听音乐伤心欲绝的过程，正是所谓的"重复太多"，然而严羽则认为正是这样的反复描写，才足以表达浓烈的情感。因此不可以单从形式的使用来论断诗歌。

《青青河畔草》是《古诗十九首》中的一首，全文如下：

> 青青河畔草，郁郁园中柳。
> 盈盈楼上女，皎皎当窗牖。
> 娥娥红粉妆，纤纤出素手。
> 昔为倡家女，今为荡子妇。
> 荡子行不归，空床难独守。

诗的语言并不新奇，只是用了民歌中常用的叠词，而且一连用了六个，但是贴切而又生动。这单调中的变化，正入神地塑造出了女主人公孤独而耀目的形象，传达出了她寂寞而烦扰的心声。

四十二

　　任昉《哭范仆射诗》，一首中凡两用生字韵，三用情字韵。"夫子值狂生"，"千龄万恨生"，犹是两义。"犹我故人情"，"生死一交情"，"欲以遣离情"，三情字皆用一意。《天厨禁脔》谓：平韵可重押，若或平或仄，则不可。彼但以《八仙歌》言之耳，何见之陋邪？诗话谓：东坡两"耳"韵，两"耳"义不同，故可重押。要之亦非也。

译文

　　任昉的《哭范仆射诗》，一首诗中两次使用了"生"字韵，三次使用了"情"字韵。但"夫子值狂生"，"千龄万恨生"，是两个不同的意思。"犹我故人情"，"生死一交情"，"欲以遣离情"，三个"情"字都是一个意思。惠洪所作《天厨禁脔》里说：平头可以重押，如果是平韵或者仄韵就不可以。这不过是依《八仙歌》来讲而已，是何等浅陋的见解啊？有的诗话也说：苏轼两次使用"耳"韵，两个"耳"的意义是不同的，所以可以重押。这种总括也是不对的。

品读

　　此处所列举的任昉《哭范仆射诗》，全文如下：

平生礼数绝，式瞻在国祯。一朝万化尽，犹我故人情。
待时属兴运，王佐俟民英。结欢三十载，生死一交情。
携手遁衰莩，接景事休明。运阻衡言革，时泰玉阶平。
潜冲得茂彦，夫子值狂生。伊人有泾渭，非余扬浊清。
将乖不忍别，欲以遣离情。不忍一辰意，千龄万恨生。
已矣平生事，咏歌盈箧笥。兼复相嘲谑，常与虚舟值。
何时见范侯，还叙平生意。与子别几辰，经途不盈旬。
弗睹朱颜改，徒想平生人。宁知安歌日，非君撤瑟辰。
已矣余何叹，辍春哀国均。

　　诗歌大意是抒发了范云去世后，任昉悲痛以及
怀念老友的心情。诗中所提到的两用生字韵，指的
是"夫子值狂生"，此处夫子指范云，狂生乃任昉谦
虚的自称，意思是他当年与范云相遇，受到了范云
的赏识。此处"生"是名词用法。而"不忍一辰意，
千龄万恨生"是说从前将要分离，不忍一辰之意，
何况今日千龄永隔，万恨俱生！此处"生"是动词
用法。故虽押同韵，但意义不同。

　　再看三用情字韵："一朝万化尽，犹我故人情"，
然后"结欢三十载，生死一交情"，再到"将乖不忍
别，欲以遣离情"。每个"情"字的内涵都并不相同。

　　《天厨禁脔》是宋代诗僧惠洪的作品，亦是江西
派的主要人物，因此其中对押韵一事有严格的规定。
严羽指出这种条条框框的局限性，特以任昉及后面
的苏轼为例，意在说明形式固然重要，也不必过于
拘泥，还是应该符合内容的需求。

四十三

刘公干《赠五官中郎将》诗："昔我从元后，整驾至南乡。过彼丰沛都，与君共翱翔。"元后，盖指曹操也。至南乡，谓伐刘表之时。丰沛都，喻操谯郡也。王仲宣《从军诗》云："筹策运帷幄，一由我圣君。"圣君亦指曹操也。又曰："窃慕负鼎翁，愿厉朽钝姿。"是欲效伊尹负鼎干汤以伐桀也。是时，汉帝尚存，而二子之言如此，一曰元后，二曰圣君，正与荀彧比曹操为高光同科。或以公干平视美人为不屈，是未为知人之论。《春秋》诛心之法，二子其何逃？

译文

刘祯的《赠五官中郎将》诗："昔我从元后，整驾至南乡。过彼丰沛都，与君共翱翔。"其中的"元后"，应该指曹操。"至南乡"，说的是讨伐刘表的时间。"丰沛都"，比喻曹操的领地谯郡。王粲《从军诗》中说："筹策运帷幄，一由我圣君。"其中的"圣君"也是指曹操。又说："窃慕负鼎翁，愿厉朽钝姿。"是希望效仿伊尹为商汤负鼎煮食以讨伐夏桀。

在他们写诗的这个历史时期，汉献帝还在，而这两个人就这样讲话，一个说"元后"，一个说"圣君"，正和荀彧把曹操比作高光是一样的。有人以刘祯平视甄后作为他个性不屈的依据，这是还不能鉴别人品的论调。《春秋》里面揭露内心的笔法，这二人从哪里逃掉？

品读

所谓《春秋》诛心之法，涉及两个概念。第一，诛心之法，亦作"诛心之论"，出自《左传》，意指惩罚、责备其用心之议论，即不论行迹，而追求其动机之好坏。另有"原心定罪""原情定过"意思都差不多。法律只诛行，而不诛心，心有罪而行没露，法不治罪。诛心与诛行相对。而法律与文化、文学相对，法律上不知罪的，却要在精神文化领域予以惩罚责备。

第二，春秋笔法。这是我国古代的一种历史叙述方法和技巧，是孔子首创的一种文章写法，即在文章的记叙之中表现出作者的思想倾向，而不是通过议论性文辞表达出来。左丘明概括为"微而显，志而晦，婉而成章，尽而不污，惩恶而劝善"。

严羽此处以建安文学为例，指出刘祯、王粲、荀彧这些依附曹操的人，在汉献帝还在位时，就在诗文里喻指曹操是皇帝，还不需要史官以春秋笔法加以曝光，自己的诗文就将自己不能"正名分"的一面昭示天下，记载在了文学史里。当时的历史背景是，曹操"挟天子以令诸侯"，人人皆谓曹操必将篡位，但曹操在世时未为篡位，其子曹丕后来篡汉建魏。

四十四

古人赠答，多相勉之词。苏子卿云：
"愿君崇令德，随时爱景光。"李少卿云：
"努力崇明德，皓首以为期。"刘公干云：
"勉哉修令德，北面自宠珍。"杜子美云：
"君若登台辅，临危莫爱身。"往往是此意。
有如高达夫《赠王彻》云："吾知十年后，
季子多黄金。"金多何足道，又甚于以名位
期人者。此达夫偶然漏逗处也。

译文

古人的赠答诗，多为互相勉励的词句。苏武说："愿君崇
令德，随时爱景光。"李陵说："努力崇明德，皓首以为期。"
刘桢说："勉哉修令德，北面自宠珍。"杜甫说："君若登台
辅，临危莫爱身。"往往都是这样的意思。也有像高适《赠王
彻》中说："吾知十年后，季子多黄金。"多黄金有什么可称
道的，比已得到名望和地位还更让人期待。这是高适偶然有
漏洞的地方。

品读

汉魏六朝时期出现了许多新的诗型和诗歌母题，
"赠答诗"是其中的重要类型。赠答诗源自先秦，成

熟于汉末，勃兴于建安时代。如此处严羽所提到的苏武与李陵之间的赠答诗，背景即是西汉时期，起初，李陵与苏武曾经一同担任过侍中。苏武被扣留后的第二年，李陵降了匈奴，不敢去见苏武。过了很长时间，单于派遣李陵去看望苏武。李陵劝苏武投降，但苏武表示自家历代受国家恩养，必当不辱使命效忠国家。李陵被苏武的坚贞不屈所感动。因为他自己没脸送苏武礼物，便让妻子出面赐送牛羊。苏武后来在始元六年（公元前 81 年）返回汉朝，李陵摆酒宴送别他时说："假使汉朝不诛杀我的家人，我或许能像曹沫那样立功赎罪。但皇上杀了我全家，这是世上最大的侮辱，我没有什么可留恋的了。你我一分手，再没有相见之日了。"因此二人互有赠答诗。刘祯则是建安文人的代表，建安赠答诗以其回环往复的特殊形式承载着"建安风骨"的厚重。再往后到唐代，赠答诗有了进一步的发展。

从赠答诗的内容来看，无论汉代的苏武李陵，建安时期的刘祯，还是唐代的杜甫，最重要叮嘱友人的都是"修德"一事，认为无论人生顺境逆境，都要以立德为头等大事，特别是杜甫提到的"君若登台辅，临危莫爱身"，即使朋友成了朝廷重臣，身份贵重，但遇到国家危难之时也要能够放下自身的私利，以国家为重、以应有的德行修养为重。而高适在赠答诗中寄语对方"吾知十年后，季子多黄金"，直接捆绑的是现实经济利益，和其他几位相比，"格"未免低下了些。故为严羽所诟病。

考证第五

一

少陵与太白，独厚于诸公，诗中凡言太白十四处。至谓"世人皆欲杀，吾意独怜才"，"醉眠秋共被，携手日同行"，"三夜频梦君，情亲见君意"，其情好可想。《遁斋闲览》谓二人名既相逼，不能无相忌，是以庸俗之见，而度贤哲之心也，予故不得不辨。

译文

杜甫与李白，比其他诗人更亲厚。杜甫诗歌中凡是提到李白的共有十四处，比如说"世人皆欲杀，吾意独怜才"，"醉眠秋共被，携手日同行"，"三夜频梦君，情亲见君意"，情感友好可以想见。《遁斋闲览》一书却说他们两人名声既然十分相近，不可能没有相互猜忌，这是用庸俗的见地来度量贤人哲士的心胸。所以我不得不申辩。

品读

作为中国历史上知名度最高的两位诗人，李白与杜甫之间关系如何素来引发人们的高度关注。刚好两个人的现实生活又有所交集，大家就更会关注二人关系到底如何了。

二

《古诗十九首》，非止一人之诗也。《行行重行行》，《乐府》以为枚乘之作，则其他可知矣。

译文

《古诗十九首》，不只是一个人的诗歌作品。《行行重行行》《乐府》都会认为是枚乘的作品，其他诗歌就可以想见了。

品读

"古诗眇邈，人世难详"，关于《古诗十九首》的作者，历来是一个有争议的问题。经过梁代昭明太子萧统《昭明文选》的编选后，《古诗十九首》形成了独立的单元，俨然变为汉魏六朝文学的名片，奠定了五言诗的地位，成为《诗经》《楚辞》之后的古典诗歌之祖祧。一是由于在文学史的地位之高，再加之艺术成就斐然，因此从古至今，对《古诗十九首》作者的探测就没有停止过。

三

《古诗十九首·行行重行行》，《玉台》作两首，自"越鸟巢南枝"以下别为一首，当以《选》为正。

译文

《古诗十九首·行行重行行》，《玉台新咏》当作两首作品，自"越鸟巢南枝"以下，是另一首诗歌，应当以《昭明文选》为正确的版本。

品读

《行行重行行》是著名的《古诗十九首》中的第一首作品，是汉末动荡岁月中的相思乱离之歌，严羽认为《昭明文选》的版本正确。全文如下：

行行重行行，与君生别离。

相去万余里，各在天一涯。

道路阻且长，会面安可知？

胡马依北风，越鸟巢南枝。

相去日已远，衣带日已缓。

浮云蔽白日，游子不顾反。

思君令人老，岁月忽已晚。

弃捐勿复道，努力加餐饭。

四

《文选》长歌行只有一首，《青青园中葵》者，郭茂倩《乐府》有两篇，次一首乃《仙人骑白鹿》者。《仙人骑白鹿》之篇，予疑此辞"岩岩山上亭"以下，其义不同，当又别是一首，郭茂倩不能辨也。

译文

《昭明文选》中的《长歌行》，里面只有一首《青青园中葵》。郭茂倩《乐府诗集》则有两首，另一首是《仙人骑白鹿》。《仙人骑白鹿》这首诗，我怀疑诗中从"岩岩山上亭"以下，意思不一样了，应该是另一首诗，郭茂倩没有能分辨出这一点。

品读

《长歌行》属于汉乐府诗，是劝诫世人惜时奋进的名篇。我们熟悉的"少壮不努力，老大徒伤悲"，就出自于此。

在《长歌行》的不同记载版本中，《昭明文选》只载入"青青园中葵"一首。《乐府诗集》中虽载入全文，但自"仙人骑白鹿"始，凡二十二句，都认为是一首。但确如严羽所论，自"岩岩山上亭"以下，诗意大变，故应单独成诗。

五

《文选·饮马长城窟》无人名，《玉台》
以为蔡邕作。

译文

《文选·饮马长城窟》属于古辞，没有作者姓名，《玉台
新咏》认为是蔡邕所作。

品读

中国古代征役频繁，游宦之风很盛。作为反映
社会生活的文学作品，出现了大量的思妇怀人诗。
这些诗表现了妇女们"独守"的悲苦和对行人的思
念，写得真挚动人。《饮马长城窟》就是其中的优秀
之作。

然而因为文辞过于优美，从古至今不少人怀疑
这非民歌作品，有说是文人蔡邕所作，有说非汉乐
府古题，到似拟《古诗十九首》类作品。至今未有
定论。

六

古词之不可读者，莫如《巾舞歌》，文义漫不可解。又古词《将进酒》《芳树》《石留》《豫章行》等篇，皆使人读之茫然。又《朱鹭》《稚子斑》《艾如张》《思悲翁》《上之回》等，只二三句可解。岂非岁久文字舛讹而然邪？

译文

古辞中无法解读的作品，莫过于《巾舞歌》，文辞的意思漫散不可解释，还有古《将进酒》《芳树》《石留》《豫章行》等作品，都使人读后茫然不解。还有《朱鹭》《稚子斑》《艾如张》《思悲翁》《上之回》等，只有二三句可以解读。难道是时间太过久远，文字流传过程中错误太多而导致的吗？

品读

乐府古辞《巾舞歌诗》载于郭茂倩《乐府诗集·舞曲歌辞》。严羽谓其漫漶难解，可为的评，无论是断句还是音义都给学术界带来了难题。中国古代文化源远流长，在流传的过程中，由于年代过于久远，或散佚、或漫漶不可解，只能根据现存的材料进行推断辨析，力图接近历史的真相，此种遗憾，并非严羽所独有。

七

《木兰歌》"促织何唧唧"，《文苑英华》作"唧唧何切切"，又作"呖呖"；《乐府》作"唧唧复唧唧"，又作"促织何唧唧"。当从《乐府》也。

"愿驰千里足"，郭茂倩《乐府》作"愿借明驼千里足"，《酉阳杂俎》作"愿驰千里明驼足"。《渔隐》不考，妄为之辨。

《木兰歌》最古，然"朔气传金柝，寒光照铁衣"之类，已似太白，必非汉魏人诗也。《木兰歌》《文苑英华》直作韦元甫名字，郭茂倩《乐府》有两篇，其后篇乃元甫所作也。

译文

《木兰歌》中的"促织何唧唧"，《文苑英华》载为"唧唧何切切"，又作"呖呖"；《乐府诗集》中载为"唧唧复唧唧"，又作"促织何唧唧"。应该遵从《乐府诗集》的记载。

"愿驰千里足"这句诗，郭茂倩的《乐府诗集》里是"愿借明驼千里足"，《酉阳杂俎》作"愿驰千里明驼足"。胡仔的《苕溪渔隐丛话》不作考证，乱作辨析。

　　《木兰歌》最为古朴，但是"朔气传金柝，寒光照铁衣"之类的诗句，已经很像唐代李白的诗风，必然不是汉魏人的诗歌了。《木兰歌》《文苑英华》里直接写作韦元甫的名字，郭茂倩《乐府诗集》里有两篇《木兰歌》，后面那篇是韦元甫所作的。

品读

　　《木兰歌》收入《乐府诗集》的《横吹曲辞·梁鼓角横吹曲》中，至唐代已广为传诵，唐人韦元甫有拟作《木兰歌》。因此，学者们大都认为，民歌《木兰诗》产生于北朝后期。但此处严羽提到的"朔气传金柝，寒光照铁衣"之类，已似太白，认为必非汉魏人诗也，亦有道理。北朝民歌在流传过程中，也不排除有被后世文人编辑加工的可能性。

八

班婕妤《怨歌行》,《文选》直作班姬之名,《乐府》以为颜延年作。

译文

班婕妤的《怨歌行》,《昭明文选》里直接写作班婕妤的名字,《乐府诗集》被认为是颜延年所作。

品读

《怨歌行》全诗如下:

> 新裂齐纨素,皎洁如霜雪。
> 裁为合欢扇,团团似明月。
> 出入君怀袖,动摇微风发。
> 常恐秋节至,凉飙夺炎热。
> 弃捐箧笥中,恩情中道绝。

《怨歌行》到底是否为班婕妤所作,这是文学史上一直有争议的问题。然而一是由于班婕妤自身才情出众,二是诗中所述与之身世切合,再加上并未出现明显证据证明非她所作,故现今仍系于班婕妤名下。

九

孔明《梁甫吟》"步出齐东门，遥望荡阴里"，《乐府解题》作"遥望阴阳里"，青州有阴阳里。"田疆古冶子"，《解题》作"田疆固野子"。

译文

诸葛孔明的《梁甫吟》中："步出齐东门，遥望荡阴里。"唐代《乐府解题》作"遥望阴阳里"，青州确实有阴阳里。"田疆古冶子"，《乐府解题》作"田疆固野子"。

品读

《梁甫吟》为古乐府曲名。梁父，山名，在泰山下。"盖言人死葬此山，亦葬歌也。"《梁甫吟》原诗："步出齐城门，遥望荡阴里。里中有三坟，累累正相似。问是谁家墓，田疆古冶氏。力能排南山，文能绝地纪。一朝被谗言，二桃杀三士。"说是齐景公所养三个壮士田开疆、古冶子和公孙接因得罪相国晏婴，晏婴设毒计欲除去三人，便送给三壮士两只桃子，诱使他们在景公面前摆功争桃而自相残杀，结果三壮士先后自杀。据此可知《梁甫吟》是一曲壮士生不逢时、含冤屈死的悲歌。

十

南北朝人，惟张正见诗最多，而最无足省发，所谓"虽多亦奚以为"。

译文

南北朝时期的诗人，唯有张正见的诗最多，但最没有什么发人深省的作品，所谓"虽然多又有何用"。

品读

张正见，是南北朝时期陈代的代表作家之一，是陈代作家中现存作品较多的一位诗人。陈代诗人过去在诗史上的评价普遍不高，认为他们的创作只是一般地体现了当时浮靡的诗风，除了严羽，明代人陈祚明也批评张正见诗"多无为而作，中少性情也"。

十一

《西清诗话》载晁文元家所藏陶诗，有《问来使》一篇云："尔从山中来，早晚发天目。我屋南山下，今生几丛菊？蔷薇叶已抽，秋兰气当馥。归去来山中，山中酒应熟。"予谓此篇诚佳，然其体制气象，与渊明不类，得非太白逸诗，后人谩取以入陶集耶？

译文

《西清诗话》中记载：晁迥家所收藏的陶渊明诗，有《问来使》一篇，云："尔从山中来，早晚发天目。我屋南山下，今生几丛菊？蔷薇叶已抽，秋兰气当馥。归去来山中，山中酒应熟。"我觉得这篇实在不错，但是它的体制和气象，与渊明不像，难道是李白散逸的诗，后人胡乱放入陶渊明的诗集中？

品读

此处所列的这首诗，又有菊、酒、山以及作者悠然的心境，便似陶渊明之诗，严羽此处根据体制和气象判断不像陶诗，倒像李白诗。

据后世学者考证，天目山在今浙江省，与陶渊明家并无关系，也倾向于认为并非陶诗。

十二

《文苑英华》有太白《代寄翁参枢先辈》七言律一首，乃晚唐之下者。又有五言律三首：其一《送客归吴》，其二《送友生游峡中》，其三《送袁明甫任长江》，集本皆无之。其家数在大历、贞元间，亦非太白之作。又有五言《雨后望月》一首，《对雨》一首，《望夫石》一首，《冬月归旧山》一首，皆晚唐之语。又有"秦楼出佳丽"四句，亦不类太白，皆是后人假名也。

译文

《文苑英华》里面有李白《代寄翁参枢先辈》七律诗一首，是晚唐的下等作品。又有五言律诗三首：其一《送客归吴》，其二《送友生游峡中》，其三《送袁明甫任长江》，在诗集中都没有。这几首的师承路数在唐代大历、贞元年间，也不是李白的作品。又有五言诗《雨后望月》一首，《对雨》一首，《望夫石》一首，《冬月归旧山》一首，都是晚唐的语言风格。又有"秦楼出佳丽"四句，也不像李白，都是后人托名假作的。

品读

李白诗歌的特色是十分鲜明的，一般总结为强烈的主观浪漫主义色彩、以大气贯注诗歌始终、奇特的想象力、喷发式的情感表达、或壮美或优美的诗歌意象以及清新明快的语言风格。抛却这些具象的表达方式，李白诗歌最重要的其实就是"仙气"之飘洒以及"格"之高妙。

严羽所举的九首诗有孤清、巧辞的特色，的确不似盛唐气象，而且最重要的是缺乏李白诗中飘逸的"仙气"，故严羽认为应不属于李白作品。然而除了诗感之外，尚无充足理由论证不是李白所作，故今日还系于李白名下。

煙開蘭葉香風暖
岸夾桃花錦浪生
李青蓮鸚鵡洲句清湘老
人濟時亦招此引興

好雨知时节，当春乃发生。

随风潜入夜，润物细无声。

野径云俱黑，江船火独明。

晓看红湿处，花重锦官城。

杜甫（唐）　春夜喜雨

十三

《文苑英华》有《送史司马赴崔相公幕》一首云："峥嵘丞相府，清切凤凰池。羡尔瑶台鹤，高栖琼树枝。归飞晴日好，吟弄惠风吹。正有乘轩乐，初当学舞时。珍禽在罗网，微命若游丝。愿托周周羽，相衔汉水湄。"此或太白之逸诗也。不然，亦是盛唐人之作。

译文

《文苑英华》里有《送史司马赴崔相公幕》一首云："峥嵘丞相府，清切凤凰池。羡尔瑶台鹤，高栖琼树枝。归飞晴日好，吟弄惠风吹。正有乘轩乐，初当学舞时。珍禽在罗网，微命若游丝。愿托周周羽，相衔汉水湄。"这或许是李白散逸的作品。不是如此，也应该是盛唐诗人的作品。

品读

《送史司马赴崔相公幕》一诗又名《赋得鹤送史司马赴崔相公幕》，后世学者多认为确属李白所作，且考证应为李白在浔阳狱中之作。

严羽有可能也是根据语意和李白诗的风格来进行推断，但更可能是根据此诗的意象浑成和气象高远来推断至少是盛唐作品。

十四

《太白集》中《少年行》，只有数句类太白，其他皆浅近浮俗，决非太白所作，必误入也。

译文

《太白集》中的《少年行》，只有几句像李白的风格，其他的诗句浅近浮俗，一定不是李白所作，必定是错误收入其中。

品读

严羽认为《少年行》决非李白所作，原因在于其"浅近浮俗"。李白诗在严羽处一直饱受推崇，就是因为字句锻炼精湛巧妙，意境传达深远浑成，这首诗显然不符合这两个标准，故严羽斥之。然而这两首诗现在仍系于李白名下，理由是少年李白所写的反映少年侠气的诗，文字虽未锻炼有成，然而展现一派少侠豪情，亦可说通。

十五

"迎旦东风骑蹇驴"绝句，决非盛唐人气象，只似白乐天言语。今世俗图画，以为少陵诗，渔隐亦辨其非矣，而黄伯思编入《杜集》，非也。

译文

"迎旦东风骑蹇驴"绝句，决不是盛唐人的诗歌气象，只好像白居易的言语。现在坊间图画认为是杜甫的诗，胡仔也辨证认为不是。而黄伯思将其编入《杜集》，是不对的。

品读

绝句全文如下：

> 迎旦东风骑蹇驴，旋呵冻手暖髯须。
> 洛阳无限丹青手，还有工夫画我无。

严氏辨其"非盛唐人气象"，显然是指"迎旦东风骑蹇驴"瑟缩委琐，见不到盛唐人的笔力，也缺少盛唐劲健的主体精神。

十六

少陵有《避地》逸诗一首云："避地岁时晚，窜身筋骨劳。诗书遂墙壁，奴仆且旌旄。行在仅闻信，此生随所遭。神尧旧天下，会见出腥臊。"题下公自注云"至德二载丁酉作"，此则真少陵语也。今书市集本，并不见有。

译文

杜甫有《避地》逸诗一首云："避地岁时晚，窜身筋骨劳。诗书遂墙壁，奴仆且旌旄。行在仅闻信，此生随所遭。神尧旧天下，会见出腥臊。"诗题下面杜甫自注云"至德二载丁酉作"，这才真是杜甫的语言风格。现在书市上的诗集，并不见有这条。

品读

杜甫此诗，作于至德二载，当时正是安史之乱，唐玄宗在四川避难，杜甫避走凤翔。各家均以为确属杜甫之作。在个人危难之时，也会关心皇帝及天下的安危，正是杜甫博大胸襟的本色体现。

十七

旧蜀本杜诗并无注释，虽编年而不分古近二体，其间略有公自注而已。今豫章库本，以为翻镇江蜀本，既入杂注，又分古律，其编年亦且不同。近宝庆间，南海漕台雕杜集，亦以为蜀本，虽删去假坡之注，亦有王原叔以下九家，而赵注比他本最详，皆非旧蜀本也。

译文

旧蜀本的杜甫诗，并没有注释，虽有编年但并不分古体诗、近体诗两种诗体，其间稍微有杜甫自己的注释而已。现在的豫章库本，说是翻镇江蜀本，有杂注，又分古体诗和律诗，但它的编年也很不同。最近宝庆年间，南海漕台开雕杜甫集，也说是蜀本，虽然删去了假冒苏轼名号的注释，也有王洙等九家的注释，而且赵彦材的注释比其他版本都详尽，但都不是旧蜀本。

品读

在印刷术已较为发达的宋代，刻印的书籍数量大大增加，而排版之精美，内容之精细，使得"宋版书"成了后世收藏家趋之若鹜的收藏对象。

宋代江西诗派以杜甫为"一祖三宗"之"祖"，杜甫成为大家争相模仿学习的对象，因此刻印的杜甫诗集非常多，版本和注者也很多。此处严羽所提到的"旧蜀本"，是年代最久远的最佳版本。有时书商为了牟利，会声称自己出售的版本是翻刻"旧蜀本"，因此严羽在此条中，辩证这些提到的书都并不是真的旧蜀本。

在杜甫诗歌的版本流传过程中，发生了一件事。南宋时期，有人假借苏轼之名，对杜甫诗歌进行注释，成书叫《杜诗故事》。这固然引起了书商及广大读书人的强烈兴趣，无论真假，将它放入《杜诗》中印刷出版，成为了著名的"伪苏注"现象。"伪苏注"饱受批判不是因其伪托苏轼之名，而是其做注的态度极其恶劣，鲜明的特点，就是肆无忌惮地伪造典故，以及毫无文学常识地进行解读，如严羽此处所举的例子。

十八

《杜集》注中"坡曰"者，皆是托名假伪。渔隐虽尝辨之，而人尚疑者，盖无至当之说以指其伪也。今举一端，将不辨而自明矣。如"楚岫八峰翠"，注云："景差《兰亭春望》：'千峰楚岫碧，万木郢城阴。'"且五言始于李陵、苏武，或云枚乘，汉以前五言古诗尚未有之，宁有战国时已有五言律句耶？观此可以一笑而悟矣。虽然，亦幸而有此漏逗也。

译文

《杜甫集》注释中的"坡曰"者，都是假托苏轼的名号为作的。胡仔虽然曾经辨析过，但是还是有人会怀疑，因为没有特别准确的说法，来指证这些伪注。现在我举一个例子，就会不需要辨析而自然清楚了。例如"楚岫八峰翠"，注释说："景差《兰亭春望》：'千峰楚岫碧，万木郢城阴。'"五言诗起源于李陵、苏武，或者说是枚乘。汉朝以前还没有五言古诗，难道战国时就已经有五言律诗了吗？看到这里就可以一笑而了悟了。虽然如此，但也可庆幸有这样的漏洞疏忽。

品读

"伪苏注"为他人所伪托，与苏轼本人无关。最直接原因是苏轼名气太大，书商为了牟利。但为何一定要托名苏轼呢？学界研究大概原因有三：第一，苏轼本人就提出过"何须出处"，如他考科举时，欧阳修是主考官，不知道苏轼答卷中的一项典故出处，苏轼后来回答"想当然尔"，表示不在意必须有出处。苏轼一代文豪，自成文风，已达到超越书本典故的境界，然而他的观点因为太有影响力，所以反而影响和启发了"伪苏注"的作伪者；第二，苏轼本身确实非常推崇与喜好杜诗，自己曾认杜甫托梦的说法来解释杜诗，如此在他人看来虚幻不实的解读方法；第三，恐怕也是最直接的原因，苏轼名气太大，书商为了牟利，也愿意采用"坡曰"，即使是"伪苏注"。

十九

杜注中"师曰"者，亦"坡曰"之类，但其间半伪半真，尤为淆乱惑人，此深可叹。然具眼者，自默识之耳。

译文

杜注中的"师曰"注释，和"坡曰"注释同属一类，但其中半真半假，尤其错乱迷惑读者。这真是让人深深叹息，然而具有眼力的人自然能够识别出来。

品读

严羽此处批判的，不仅仅是"伪苏注"现象本身。其实"伪苏注"现象的出现与当时异化的宋代学术环境有很大的关系，宋人耻与古人同，过于强调主体的自我体验与自我感悟，极端自信于自己的主观理解，必然导致对客观存在观念的淡薄。因此在宋人的各类著作中，伪造典故，臆造历史事实的做法，并非偶然。所以严羽此处针对的是当时不良的学术氛围，而以"伪苏注"为箭靶。

二十

崔颢《渭城少年行》，《百家选》作两首。自"秦川"已下，别为一首。郭茂倩《乐府》止作一首，《文苑英华》亦止作一首。当从《乐府》、《英华》为是矣。

译文

崔颢的《渭城少年行》，《唐百家诗选》记作两首，自"秦川"句以下是另外一首。郭茂倩的《乐府诗集》只作一首，《文苑英华》也只作一首，当以《乐府诗集》《文苑英华》为对的。

品读

崔颢的《渭城少年行》，现各唐诗集也作一首。

大意是讲在洛阳的长安人思念长安，等到听人说长安的春天早早来到了，便立刻动身回到长安，果然享尽各种都城盛世繁华。所以不应自"秦川"分为两首，虽然韵脚有换，但诗意仍在续说长安的繁华生活，浑然一体。故以严羽之说为是。

二十一

玉川子"天下薄夫苦耽酒"之诗，荆公《百家诗选》止作一篇。本集自"天上白日悠悠悬"以下，别为一首，当从荆公为是。

译文

卢仝的"天下薄夫苦耽酒"一诗，王安石的《唐百家诗选》中只作一篇，但他的诗集里面从"天上白日悠悠悬"以后，另为一首，应该以王安石的为准。

品读

卢仝（号玉川子）是中唐时期的诗人，韩（韩愈）孟（孟郊）诗派中的代表诗人，他一生未仕，生活寒苦，性格狷介，颇类孟郊。但其狷介之性中更有一种雄豪之气，又近似韩愈。在他现存的 107 首诗中，长言短句错杂其间，怪异奇崛又不乏诙谐幽默。"天下薄夫苦耽酒"一诗，出自卢仝的《叹昨日》：

> 天下薄夫苦耽酒，玉川先生也耽酒。
> 薄夫有钱恣张乐，先生无钱养恬漠。
> 有钱无钱俱可怜，百年骤过如流川。
> 平生心事消散尽，天上白日悠悠悬。

二十二

太白诗"斗酒渭城边，垆头耐醉眠"，乃岑参之诗误入。

译文

李白的诗句"斗酒渭城边，垆头耐醉眠"，应该是岑参的诗，入错了诗集。

品读

这首诗名为《送扬子》，全诗如下：

斗酒渭城边，垆头耐醉眠。梨花千树雪，杨叶万条烟。惜别添壶酒，临岐赠马鞭。看君颍上去，新月到家圆。

这是一首春日送别友人的诗。

严羽认为此首诗应为岑参所作，大概以梨花与雪相比喻最为出名的就是岑参的"忽如一夜春风来，千树万树梨花开"。而亦有说为李白所作，大约源于诗歌风格颇如李白。因此，到底为谁所作，并无定论。

二十三

太白《塞上曲》"骝马新跨紫玉鞍"者，乃王昌龄之诗，亦误入。昌龄本有二篇，前篇乃"秦时明月汉时关"也。

译文

李白的《塞上曲》中"骝马新跨紫玉鞍"者，应该是王昌龄的诗，也是录错了。王昌龄本来有两首，前一首就是"秦时明月汉时关"。

品读

王昌龄的《塞上曲》全诗如下：

其一

秦时明月汉时关，万里长征人未还。
但使龙城飞将在，不教胡马度阴山。

其二

骝马新跨紫玉鞍，战罢沙场月色寒。
城头铁鼓声犹震，匣里金刀血未干。

单就此处严羽所提到的第二首来进行赏析，王昌龄并无一字直写血腥的战争场面，而是写战前：黑鬣黑尾的红马、白玉质地的马鞍，看似一味醉心于战马之美，实则表现壮心之雄，写战后：空旷的沙场上一片月色凄寒，这战场上曾经发生过什么？引人联想，诗人的全部构思，就在于转折：从外部世界来说，从不觉月寒而突感月寒，从以为战罢而感到尚未罢；从内部感受来说，从忘我到唤醒自我，从胜利的自豪到血腥的体悟，这些情感活动，都是隐秘的、微妙的、刹那的。

二十四

孟浩然有《赠孟郊》一首。按东野乃贞元、元和间人，而浩然终于开元二十八年，时代悬远，其诗亦不似浩然，必误入。

译文

孟浩然有《赠孟郊》一诗。考察孟郊是唐贞元、元和年间人，而孟浩然逝于唐开元二十八年，年代太过久远，这首诗也不像孟浩然的风格，肯定是错误录入。

品读

孟浩然去世十几年后，孟郊才出生，因此必不可能有孟浩然赠孟郊的诗歌出现。与孟郊颇有交集的是比他年轻十几岁的韩愈，韩愈给孟郊写了不少诗文，其中最有名的是一篇赠序文《送孟东野序》。全文主要针对孟郊"善鸣"而终生困顿的遭遇进行论述，从中提出了著名的"不平而鸣"的论点，即世间万物，都因有了"不平"所以才会"发声"。属于文学理论中的创作动机论。严羽通过时间推算，即刻辨出误入，足见考证之功力。

二十五

杜诗："五云高太甲，六月旷抟扶。"太甲之义，殆不可晓。得非高太乙耶？乙与甲盖亦相近，以星对风，亦从其类也。至于"杳杳东山携汉妓"，亦无义理，疑是"携妓去"。盖子美每于绝句，喜对偶耳。臆度如此，更俟宏识。

译文

杜甫的诗"五云高太甲，六月旷抟扶"中"太甲"的意思几乎不可知道，莫非是"高太乙"？乙与甲也相近，以星对风，也从属同一词性。至于"杳杳东山携汉妓"，也不知道意思，怀疑是"携妓去"。是因为杜甫每每在绝句中喜欢对偶。猜测是这样，更等待见识宏远的人来判断。

品读

"五云高太甲，六月旷抟扶。"出自杜甫诗歌《大历三年春，白帝城放船出瞿塘峡，久居夔府将适江陵，漂泊，有诗凡四十韵》，简称《出峡诗》，这两句见于诗歌的最末处，"五云高太甲，六月旷抟扶。回首黎元病，争权将帅诛。山林托疲苶，未必免崎岖。"后世人有解，认为"五云太甲"出王勃

《益州夫子庙堂碑》中的"华盖西临，藏五云于太甲"，黄帝象五色云作华盖，以象华盖名之。其柱旁六星曰六甲。文人笔藻，尊名之为太甲。此处太甲应指皇帝。五云则出自《周礼》，"以五云之物辨吉凶水旱"，汉儒后来发展成"云五色而为庆"，所以在杜甫诗集里，也常把五云佳气和唐朝国运联系在一起。所以杜甫称太甲不称太乙也是有道理的，他对于一般的藩臣，不过称为"东皇太乙"，可见用字之谨严。

"杳杳东山携汉妓"出自杜甫诗歌《戏作寄上汉中王二首》，全诗曰：

> 云里不闻双雁过，掌中贪见一珠新。
> 秋风袅袅吹江汉，只在他乡何处人。
> 谢安舟楫风还起，梁苑池台雪欲飞。
> 杳杳东山携汉妓，泠泠修竹待王归。

二十六

王荆公《百家诗选》，盖本于唐人《英灵》、《间气集》。其初明皇、德宗、薛稷、刘希夷、韦述之诗，无少增损，次序亦同。孟浩然止增数首，储光羲后，方是荆公自去取。前卷读之尽佳，非其选择之精，盖盛唐人诗无不可观者。至于大历以后，其去取深不满人意，况唐人如沈、宋、王、杨、卢、骆、陈拾遗、张燕公、张曲江、贾至、王维、独孤及、韦应物、孙逖、祖咏、刘眘虚、綦毋潜、刘长卿、李长吉诸公皆大名家，李、杜、韩、柳四家，有其集，故不载，而此集无之，荆公当时所选，当据宋次道之所有耳。其序乃言观唐诗者，观此足矣，岂不诬哉？今人但以荆公所选，敛衽而莫敢议，可叹也！

荆公有一家但取一二首而不可读者，如曹唐二首，其一首云："年少风流好丈夫，大家望拜汉金吾。闲眠晓日听啼鴂，笑倚春风仗辘轳。深院吹笙从汉婢，静街

调马任奚奴。牡丹花下钩帘畔，独倚红肌
挼虎须。"此不足以书屏障，可以与闾巷小
人文背之词。又《买剑》一首云："青天露
拔云霓泣，黑地潜惊鬼魅愁。"但可与师巫
念诵也。

译文

　　王安石的《唐百家诗选》，是本于唐人的《河岳英灵集》、
《中兴间气集》。开头的唐明皇、唐德宗、薛稷、刘希夷、韦
述的诗歌，没有增加或减少，次序也是相同的。对孟浩然只
是增加诗的数量，储光羲之后，才是王安石亲手删除摘选。
在阅读过程中，前卷都是佳作，不是他选择的好，是因为盛
唐诗歌没有不可观的。到了大历之后，他的选择就让人深为
不满了，像唐人如沈佺期、宋之问、王勃、杨炯、卢照邻、
骆宾王、陈子昂、张说、张九龄、贾至、王维、独孤及、韦
应物、孙逖、祖咏、刘眘虚、綦毋潜、刘长卿、李贺等各位，
全是大名家，李白、杜甫、韩愈、柳宗元四家因为有诗集，
所以不载入，因此《诗选》里面就都没有载入。王安石当时
所选择的，应当是根据宋敏求所藏诗集。序里面说"看唐诗
的人看这本书就足够了"，岂不是言语不实！现在的人只因为
是王安石所选，就过于敬重而不敢议论，可叹啊。

　　王安石将一位诗人只取一两首，但却不堪阅读。比如曹
唐的两首诗歌，其中有一首诗云："年少风流好丈夫，大家望
拜汉金吾。闲眠晓日听啼鴂，笑倚春风仗辘轳。深院吹笙从汉
婢，静街调马任奚奴。牡丹花下钩帘畔，独倚红肌挼虎须。"
这是不足以书写在屏障之上的，只可以跟街头巷尾的底层人
做低俗交谈的词。还有《买剑》一首云："青天露拔云霓泣，

黑地潜惊鬼魅愁。"只可以供巫师念诵而已。

品读

《唐百家诗选》是王安石针对唐诗所作的选本。其中像李白、杜甫、王维、韩愈、柳宗元、元稹、白居易、杜牧、李商隐等等这些大家、名家一概不收，只选了像孟浩然、高适、岑参、王昌龄这样的个别名家，更多的是选一些中小诗人，如刘言史、张碧等，甚至不知名的诗人，如刘威、刘驾、王驾等。所以体现出了一种"舍大家，取小家"的特点。这一点在严羽所处的时代中，可能还"但以荆公所选，敛衽而莫敢议"，也足见严羽独具魄力打破常规，到后世其实诟病此《诗选》的人也有好几家，都表示对王安石选诗标准的不理解和质疑。但王安石自己却对此诗选自信满满，说"观唐诗者观此足矣"。

二十七

予尝见《方子通墓志》："唐诗有八百家，子通所藏有五百家。"今则世不见有，惜哉！

译文

我曾经见过《方子通墓志》："唐诗有八百家，方惟深所藏有五百家。"现今则不见有了，多可惜！

品读

北宋诗人方惟深，字子通，福建莆田人，早年便通经学，尤工于诗，为乡贡第一，后举进士不第，即弃去，与弟躬耕。在他的人生经历中，一是他的隐居经历与他的诗歌浑然一体，诗歌内容或即事抒怀，或交游唱和，或写景咏物，与宋诗中普遍爱说理颇有不同，王安石曾赞美他"颇得唐人风味"。二则是他与王安石的关系，方子通属于王门弟子，但又与众多王门弟子有所不同，并未参与王安石的政治活动。

从方子通墓志内容来看，可见其藏书丰富，著有《方秘校集》十卷，可惜后来亡佚。藏五百家唐诗，亦有可能，严羽此处之慨叹，越发表明了严羽对唐诗的推崇，他恨不得阅尽天下所有唐诗。

二十八

柳子厚"渔翁夜傍西岩宿"之诗，东坡删去后二句，使子厚复生，亦必心服。谢朓"洞庭张乐地，潇湘帝子游。云去苍梧野，水还江汉流。停骖我怅望，辍棹子夷犹。广平听方籍，茂陵将见求。心事俱已矣，江上徒离忧"，予谓"广平听方籍，茂陵将见求"一联删去，只用八句，尤为浑然，不知识者以为何如？

译文

柳宗元"渔翁夜傍西岩宿"诗，苏轼删去最后两句，纵使柳宗元复生，也必然会心悦诚服。谢朓"洞庭张乐地，潇湘帝子游。云去苍梧野，水还江汉流。停骖我怅望，辍棹子夷犹。广平听方籍，茂陵将见求。心事俱已矣，江上徒离忧"，我说将"广平听方籍，茂陵将见求"一联删去，只用八句，才是浑然天成，不知道有识之士以为如何？

品读

渔翁

柳宗元

渔翁夜傍西岩宿，晓汲清湘燃楚竹。

烟销日出不见人，欸乃一声山水绿。

回看天际下中流，岩上无心云相逐。

严羽对谢朓诗的删法，与苏轼对柳宗元诗的删法，倒真属于一脉相承。他们删去的都是原诗中有"人"之境、斧凿痕迹较重的句子。在严羽的诗学评价体系中，他更欣赏的是浑然一体、耐人寻味的诗境。他自是会对直白浅露道出人事的诗句进行删减。